「俊彦さん……ん、はぁ、あぁっ……♥」
若い娘が、俺をうっとりと見つめながら、
自分で腰を動かしている。
そのシチュエーションには、男として
たぎるものがあった。
彼女と密着する心地よさを感じていると、
結合部が肉棒を擦りあげ、さらなる快感を
送り込んでくる。

パパ活相手は娘の同級生!?
何でもヤラせてくれるってホント!?
著：成田ハーレム王　画：あきのしん
オトナ文庫

プロローグ　おじさんの夢が叶うとき

俺――高畠俊彦《たかはたとしひこ》は、ただの冴えないサラリーマンでしかなかった。

仕事場ではもちろん、家庭でさえもパッとしない。

冴えない自覚があるのならば、変えようと努力し続けていれば、少しはマシになっただろう。だが、俺は努力をしなかった。自分を変えようとは思わなかった。

変わることへの怖れもあったが、何よりも、自分は今のままでも良いと心のどこかで諦《あきら》めていたのだ。

とりあえず、食うには困らない程度の、そこそこの地位はある。

反抗期の娘と無愛想な妻がいるが、一応、家族のようなものも持てている。

世の中には、そのふたつを持たない人間もたくさんいるのだ。

これ以上望むのは、分不相応。俺ぐらいの普通の男には、今の状況だって上出来だ。

このまま大きな山や谷を経験することなく、平坦で平凡な人生を歩んでいく。

それでいい。それがいい。そうやって自分が何をしたいのかも諦めきっていた。

なのにたったひとつの出会いで、俺は変わった。

——マッチングアプリ。

登録した人間同士、条件さえあえば見知らぬ相手と出会うことのできるツール。

出会いを求めて……などと理由を付けているが、大半がセックス目的で使うようなものだろう。そしてそれを逆手にとり、美人局《つつもたせ》などで搾取する者と、される者がいる。

そんな闇の深いものだと思っていたので、自分から手を出すなんて思いもしかった。

自分でも、どうしてそんなものに手を出したのか、思い返しても不思議に思う。

たぶん、疲れていたのだ——。これまでの人生に、これからの人生に。

同じような日々をくり返し、このまま枯れて朽ち果てていくだけ。

年月を重ねるほどに、そんな思いが強くなっていた。だからこそ、今までとは違う何かをしようとした結果だったのだろう。

もちろん、マッチングアプリを使うことに対して、最初はかなり抵抗があった。

新しいことに挑戦する気概《きがい》や、自分の環境を変えるための思い切りもなかった俺にとってそれは、ぎりぎり可能な冒険だった。

一度だけ。それくらいならばいいだろう。

そんな気持ちで登録し、初めて出会ったのが彼女——三科《みしな》美咲《みさき》だった。

そして、美咲がいるからこそ、今の俺がある。

最近では公私ともに、生き生きと過ごしている。

仕事で疲れ果て、家では寝るだけという、つまらないルーチンは無くなってきた。

それは、自分の娘と同い年である彼女と共に過ごす時間が増えたからだ。

彼女と会ってふたりで時間を共有すると、心も体も、頭でさえも若返る。

そして触れ合うことで、さらに活力が湧いてきた。

もちろん、俺たちの関係は普通ではない。でもそれだからこそ、成り立つ関係というものもある。

俺たちを結びつけているのは、いわゆる『パパ活』。

彼女は、お金を払えば何でもしてくれる。言葉をとり繕《つくろ》ったところで、手軽で安価な愛人関係であることに違いはない。

お互いに都合のよいときに会い、そして体を重ねるだけの関係。

「――んんぅ……はあっ、あふぅ……俊彦さん……♥　んあぁ……」

彼女のよく膨らんだ胸を揉みしだくと、甘い声が漏れる。

瑞々しい張りと艶のある肌が、手の平に吸いつくようだ。

それになにより、しっかりとした弾力もあって、触っているだけで癒やされる。

「あうっ、んんぅ……あっ♥　くんんぅ……」

この胸の感触こそが、若さを象徴しているようだった。

そういえば、妻の胸を最後に見たのはいつだっただろうか……。

記憶の中から引っ張り出そうとするが、まったく出てこない。それほどに、もう何年もセックスレスだ。

娘ができてから自然となくなり、触れ合わなくもなった。もちろん、それは少し寂しいことだ。

でも日々の忙しさに追われるうちに、求め合う機会は減り、セックスが無くなっていくことは仕方のないことだろう。

それで良いとさえ思っていた自分もいた。

だが、それも美咲と出会い、体を重ねるようになって変わった。

そう……それは心に色が戻ったかのようだった。

「んはぁんっ♥　俊彦さん、気持ちいいです……はんんぅ……ああっ♥」

美咲が身を捩《よじ》り、甘い吐息をこぼす。

愛撫に反応し、かわいらしい顔を快感に蕩けさせている。

こういう愛らしい仕草と感度のよさも、俺の男の部分を刺激してくる。

本当に、こんなにも美しくて魅力的な、しかも娘と同い年の若い女の子とセックスをすることになるとは……。

「んんぅ……あうっ、あんうぅ……触り方が上手すぎます……んっ、ああぁっ♥」

「そんなことないさ。美咲が敏感なだけだよ」

「あううぅ……それじゃ、まるでエッチな子みたいです……あうっ、んんぅっ♥　俊彦さん、イジワルですよ……んくっ、んんぅ……」

そう言って唇を尖らせるが、決して怒っているわけじゃない。

「はは、ごめんごめん……ん……」

「んんぅ……ちゅっ♥　んちゅぅ……ちゅふぅ……♥」

可愛らしく口を尖らせる彼女に、お詫びのキスをすると、すぐに嬉しそうな笑顔を浮かべてくれた。

「んちゅっ、んんぅ……ああんっ♥」

もう女性と触れ合うことはないだろう。

少し前まではそう思っていたが、人生というものは、死ぬまで何があるかわからないものだ。

「あうっ、はんぅ……んんぅ……おっぱいばっかりですね……んっ、んはぁ……俊彦さんも好きなんですか？　んあっ、はんぅ……ああっ♥」

「え？　ああ、まあ人並みにはね」

そんなことを急に聞かれ、ふと我に戻る。

こういう猥談の類《たぐい》も、昔はそれなりにしていたものだが、歳を取ると男同士の会話でも最近はめっきり減ってきている。

それなのにここにきて、若い女の子とこんなことを話せるとは思わなかった。

「んっ、んあぁ……人並みって感じじゃないですけどね♪　んふふ……ああんっ♥」

そこまでいつも触っているだろうか？

自分でも気づかないうちに、癒やしを求めていたのかもしれない。

「はは、そうか……きっと美咲の胸は特別なのかもしれないな」

「んんぅ……どうしてですか？」

「こんなにも、弄ればすぐに感じてくれる胸は、なかなかないからね。演技でも嬉しいよ」

「んくっ、ふあぁぁ……そんな、演技なんてできませんよ……んんぅ……。俊彦さんの触り方が上手だからです♥」

「ふふ、それは良かった。それじゃあ、美咲のご期待に添うように、いっぱい気持ち良くしてあげよう」

「んえっ⁉　んあっ、そこ……くうぅんっ♥」

胸だけではやはり芸がない。

なので片方の手は胸に残しつつ、もう一方を股間へと滑り込ませた。

「あうっ、んんぅ……ああぁんっ♥　い、一緒に弄っちゃうなんて……んっ、あぁぁっ♥」

やはり感じやすい子なのだろう。

胸への愛撫だけで、かなりしっとりと秘裂が濡れていた。

それに陰唇もだいぶ熱く膨《ふく》らんでいるようだ。

「お……結構よくなってたみたいだね。この膨らみと熱さは凄いよ」

「あんぅ……あぁんっ♥　んんぅ……い、言わないでください……んくぅ……意識しちゃうと余計に恥ずかしいですよぉ……あうっ、んんぅ♥」

もっと彼女の敏感な部分を触りたい。

「んくっ、んあぁぁっ⁉」

そんな思いが、軽く様子を探っていた指先を、本格的に膣口へとめり込ませていった。

「指、入ってきてるぅ……んくっ、くうぅぅん……♥」

「ああ……これは……」

とても熱い。

発火しているのではないかと思うほどに、指先に伝わってくる彼女の体温は高かった。

それが若い生命力を感じさせるような気がして、こちらまで熱くなる。

「……美咲のここは、触っているだけでも気持ちいいな」

「あうっ、んくうぅ……あぁんっ♥　俊彦さんにそう言われると、嬉しくてキュンってしちゃいます♥」

「ふふ……ほんと可愛いな、美咲は」

「ふあぁぁ……あぁんっ♥　んっ、んはぁぁっ♥」

体温の高さもあるが、それ以上に、思ったよりもかなりぬめっている。

「んくっ、ふあぁぁ……あぁんっ♥」

濃い愛液が次々と溢れ出してきた。

「んあつ、はぁぁ……くぅぅ……んんぅっ♥」

軽く弄っているだけなのに、俺の手の平までぜんぶ濡らしそうな勢いだ。

「あんっ、んんぅ……。あぁぁっ⁉　んっ、ダメっ……あぁっ♥　俊彦さん、きちゃううぅっ！」

「え？　そうなのか？」

まだ俺としては序の口の愛撫だが――。

「んあぁっ⁉　ひゃうっ、んはあぁあぁぁぁぁっ♥」

特にひねりもなく、膣壁をまんべんなく擦っていただけだったが、彼女はあっけなく達してしまったようだ。

「んあっ、んはぁ……はあっ、はうぅ……♥」

「やっぱり、ずいぶんと感じやすくなってるみたいだね」

「あうっ、んんぅ……俊彦さんがいっぱい弄ってくれるからぁ……んんぅ……そういうふうに、身体が変わってきちゃってるんですよぉ……♥」

そう言って、美咲は嬉しそうな、でもちょっと困ったような顔をして俺を見つめてくる。

「んんっ、んはぁ……俊彦さんに調教されちゃったんです♥」

「いや、その言い方はどうかと思うけど……まあ、男としては悪い気はしないな」

「ふふっ♪　俊彦さんのスケベっ♥　はあぁ……私すっかりできあがっちゃってます……もう欲しいですぅ……♥」

甘えた声を出して、ぎゅっと俺に抱きついてきた。

「ああ……俺もそろそろしたいと思っていたんだ」

「あぁぁんっ♥　ふあぁぁ……はいぃ……♥」

俺は勃起した肉棒を握り、彼女のほうからも押しつけてくる膣口へ亀頭を押し込んでいく。

「んあぁぁ……はあぁぁんっ♥　んくぅぅ……大きいのが奥までみっちりぃ……んくっ、くぅんっ♥」

難なく俺のすべてを受け止めた彼女は、うっとりとした目で天を仰いだ。

「ん……ああ……相変わらず素晴らしいな。美咲の膣内《なか》は……」

絶頂の余韻で軽く震え、もういやらしく締めつけてきている。

そんな卑猥な感覚に感じ入っていると、美咲が俺の顔を覗き込んでくる。

「んんぅ……はうぅぅ……俊彦さん、ください……んんんぅ……は、早く私を、めちゃく

　潤んだ瞳で熱く訴えかけてくる彼女はもう、メスの顔をむき出しにしていた。

「ああ、そうか。待たせて悪かった……ねっ！」

「ふあっ⁉　んくっ、んはあぁぁっ♥」

　突き上げるような力強いピストンで、彼女の中をかき回す。

「はっ、はぁぁんっ♥　あぁぁ……たくましい俊彦さんの熱いのがっ、いっぱい動いて擦ってくるぅ……はあっ、くうぅんっ♥　んあっ、あうっ、ふあぁっ♥」

　華奢な彼女の体は、俺の腰の動きに合わせて簡単に跳ね上がる。

　それと共に大きな胸が、無邪気に上下に揺れて実にいやらしい。

「くぅ……ずいぶんと締めつけてくるな……」

「んあっ、はあっ、はあぁ……んんぅっ！　とっても気持ちいいぃ……んっ、んんぅっ♥　これっ、もっと欲しくなっちゃいますぅっ♥　あうっ、あはあぁぁっ♥」

「え？　おおっと⁉」

　美咲はぎゅっと俺に抱きつきながら、自分からも腰を振ってきた。

「あうっ、んはぁんっ♥　すごいのぉ……気持ち良くてっ、熱くなりすぎちゃうのぉ……ああっ、はふぅ……ふあっ、あぁぁんっ♥　もっとぉ……もっとぉっ♥　んっ、んんっ♥」

「くぅ……かなり欲しがるね、美咲」

押しつけてくる大きな胸が、ひしゃげながら俺の身体をくすぐってくる。

愛液は更に溢れ出して、いやらしい音を立てていた。

「はあっ、はぁぁんっ♥ だって俊彦さんの素敵なんですもの……あっ、あうっ、んはぁんっ♥ 他の人なんて思い出せないくらい、こんなにぴったり嵌《はま》って、いいぃっ♥ んくぅ……ふあっ、はうぅ……んくっ、くうぅんっ♥」

「そんなに言われると、ちょっと照れるな……でも美咲も俺の人生の中で、最高に気持ちいいよ」

「んっ、んはぁぁんっ♥ ありがとうっ、ございますぅ……んくっ、んんぅっ♥」

今、俺をうっとりと見つめながら腰を動かしている彼女は、娘の同級生だ。

普通なら絶対にありえない歳の差セックス。罪悪感ももちろんある。

「んあっ、んあぁんっ♥ ああっ、いいぃ……私の中っ、いっぱい引っ掻いて、気持ちいいのぉぉっ♥」

しかし、その危険なセックスとシチュエーションには、男として滾《たぎ》るものがあった。

あのまま枯れていくと思っていた俺に、美咲はセックスという水を与えてくれた。

「はうっ、んくぅうんっ♥ ああっ♥ またグンって硬くなって……あうっ、んんっ♥みちみちに詰まってくる感じっ、すごいいいいぃっ♥」

その水は、ただ老いてゆくだけの肉塊を、精力に溢れる男へと復活させる。

「ああ……美咲っ、エッチでいい締めつけだっ！」

「んあっ、はいぃ……♥　あっ、ああんっ♥　俊彦さんとなら、どこまでもエッチになれそうですっ♥　んんうっ！」

彼女は腕に力を込めると、さらにぎゅっと密着してくる。

大きな胸が更にむにゅっと当たり、柔らかく形を変えて気持ち良い。

「はうっ、んあぁんっ♥　また私熱くなってるぅ……んんっ、んはぁんっ♥　お腹の奥っ、ほわほわしちゃってるぅっ♥」

その心地よさを感じていると、膣襞が肉棒を擦りあげ、さらなる快感を送り込んできたのだった。

「くぅ……そろそろだ、美咲……」

熱くうねる膣内に気持ち良く煽られて、俺の限界が見えてきた。

「あぁぁっ⁉　んはぁぁっ♥　はいっ、いいですよぉ……んっ、んんぅっ♥　私もまたすぐダメになっちゃいますぅ……んんぅっ♥」

まるでしがみつくように、美咲が密着して抱きついてくる。

「んあっ♥　あうぅ……んっ♥　んはぁぁっ♥　イクぅ……イっちゃうううぅっ♥　あうっ、んんぅっ♥」

「ああっ、出るっ！」

ドクッ、ドクンッ！　ドププッ、ドクンッ‼

「ひゅあぁぁっ⁉　あああぁぁぁぁっ♥」

留めていた精液が尿道を一気に駆け上り、美咲の膣奥で膨らんでいく。

「んくっ、んふあぁぁぁぁ……熱いので私の中ぁ……んんっ、あぁぁ……また広げられちゃってるぅ……♥」

ゴム越しに噴き出す精液を感じ入るように、美咲は気持ち良さそうにしながら、俺に身体を預けてくる。

「あぁ……気持ち良かったよ、美咲」

「んんぅ……はいぃ……俊彦さん……♥」

彼女の心地良い鼓動と重みを感じる。

程よく汗ばんだ肌の感触が、とても心地いい。

「んんぅ……ちゅっ、ちゅふぅ……♥」

喜びをキスで表してくる美咲は、とても愛らしい。

本当に、こんなにも満たされた気持ちを味わえるとは……。

俺たちはパパ活で知り合った関係だ。

だが、最近ではその域を、少しだけ超えてきている。

まさにそれは、愛人関係といってもいいだろう。

まったく冴えなかった俺。

それが今ではこうして、娘と同じ歳の、若く美しい女性と関係を持つことができるとは思わなかった。

これもあのときの、思い切った行動があればこそだろう。

パパ活用マッチングアプリを使って、本当によかったと思う。

第一章 踏み出す危険な第一歩

きっと、どこにでもあるような、よくある話でしかない。

俺の今までの人生は、本当に大したことがなかった。

勤め先はブラックというほどではないが、そこそこの業績を上げている中堅企業だ。

会社のため、仕事仲間のため、そして家族のために、真面目に働いてきた。

だが、仕事に熱中するほどに家族と接する時間は減ってしまう。

家に帰れば、小さい頃は『おかえりなさい』と言ってくれていた娘は、『あ、帰ってきたんだ』と、冷たい態度。妻も休みには『どこかに行ってきなさいよ』と追い出そうとする始末。

気付いたときには妻や娘とは不干渉となり、俺の居場所は会社だけになっていた。

そのことを寂しくは思っていたが、働いた分はお金になるし、家にいるよりも会社にいるほうがずっと気楽だった。

しかし、それはまだ、もう少し若かった頃の話だ。

年齢を重ねた今は体力回復も遅く、疲れもなかなか抜けなくなっていた。

休日はしかたなく自宅で休んでいるが、当然のように妻にも娘にも良い顔をされない。

でも、それでも家族は家族だ。

たとえ、いくら俺に対して冷たい態度を取ることが多くなったとしても、妻と――そして何よりも娘のことを心配する気持ちはあった。

「――はぁ？　別にそんなことねーし。つか、うざいんだけどっ」

そう言って娘は舌打ちする。

「しかしな……やっぱり派手すぎるだろ」

「いや、こんくらいふつーだから。おっさんに、あーしらのファッションがわかるわけねーし」

思春期を迎えたせいなのか、娘は俺の言葉に耳をかそうとしない。

だが学校へ行くのに、中身の見えそうな短いスカートと、胸元を大胆に開けて谷間を強調するのは、いくらなんでもやりすぎだろう。

「それはそうだけどな……でも、その服装はやりすぎだということくらいはわかるぞ。校則にも引っかかるだろう？」

「校則とかマジウケんだけど。んなもん、誰も守らねーし！」

そう言って娘は玄関を出ようとする。

「こら、待ちなさい！　まだ話は終わってない！」

「はぁ……もういいっしょ？　別にあんたに関係ねーし」

バタンと派手な音を立てて、玄関の扉が閉まった。

「はぁぁ……」

思わずため息が出てしまう。

昔はああじゃなかったと振り返り、続けて深くため息を吐き出すのだった。

しかしこれは、最近よくある我が家の日常風景だ。

少し前から、娘の服装には気がついていた。

そのことを妻に話しても『今どきはあんなもんでしょ』で済まされ、何度か注意をしてはみたが効果もなく、それどころかどんどんエスカレートして派手になっていくばかりだった。

もしかして悪い友達と付き合い出したのか？　なにか良くないことに手を出していないか？　それとも悪い彼氏でもできてしまったのか？

クスリや援交、酒やイジメ……色々と悪い可能性が思い浮かぶ。

どうにか、上手いこと会話をして、その真意を知りたいと思うのは当然だ。しかし、年頃の娘からすれば、親からの干渉は鬱陶しいだけだろう。

父親なのに、娘の素行の悪さを改めることもできず、無力感で虚しくなってくる。

こんなことのために、仕事をがんばってきたのだろうか……。

乾いていく心に、癒やしや潤いを求めるのも、仕方のないことだった。

なにか新しい視点で、相談できる人はいないだろうか？

とはいえ、俺は内勤がメインの会社人間だ。社外の人間との接点はほとんどなく、派遣や新入社員くらいしか新しい出会いもない。

学生時代の友人を頼ろうかと思ってはみたが、残念ながら卒業後は、それほど頻繁に連絡を取っているわけでもなかった。

愚痴や相談が気楽にできそうな、友人といえる存在は同期くらいしかいない。

だが彼らもまた、仕事に家庭に忙しい。

あぁ……俺はこのまま、ひとりで乾いていくのだろうか……。

もう、どうにもできないと半分諦めかける。

その頃からは毎日、急に老け込んでいくような気がしていた。


「――え？　マッチングアプリ？」

最近彼女ができたという部下とのちょっとした会話の中で、そんな言葉が出てきた。

「そこで知り合ったのかい？　その彼女は」

「はい。最近、結構流行ってるんですよ」

「危なくないのか？　そんな怪しげなもの」

明らかな拒否反応を示す俺に、部下たちは苦笑いで否定する。

「やだなあ、高畠さん。それは昔の話ですよ」

「今は運営がしっかりしているところも多いし、ちょっとした話し相手を探したり、同じ趣味の人たちと繋がったりするのに使ってる人も多いんですって」

「まあ、あれですよ。高畠さんの年代だと、文通？　そういう感じで話をして、気が合ったら実際に会ってみて、嫌ならバッサリ切る。そんな使い方っすね」

「いやいや、俺の時代だって文通なんてなかったって。年寄りに見過ぎだぞ」

「ええっ⁉　そうなんですか？」

あはははは――。

と、その場は和んで話は終わった。

だが本当に皆、あまり抵抗がない様子で、浮いているのは俺だけだった。

マッチングアプリか……。

気になって、自分なりに少し調べてみることにした。

確かに部下の言うように、ちょっとした雑談の相手や、趣味の同好会を作りたいなどで利用する人も多いようだ。

だがしかし、やはり圧倒的に多いのは、男女の出会いの場として活用だ。

しかし、やはりというべきか、怪しいアプリも少なくなかった。

『パパ活』希望などという、どこかで聞いたような言葉に興味を持って、少し調べてみたのだが……。

「おいおい。これは援助交際となにが違うんだ？」

若い女の子が、お金欲しさに中年男性と出会い、話をしたり食事をしたり、場合によってはセックスもする。

援助交際と変わらない。なのに『パパ活』を望む若い子たちは、危機感もなく当たり前のように多数が登録している。

「……くだらない……」

そっとそのアプリ情報を消そうとしたが、ふと、その指を止める。

『私の話を聞いてくれくるパパ、ほしいな～♥』

『頼れるパパ。あたしの話を聞いてーー♪』

『疲れたパパの話、私が聞いてあげるよ？』

『年上好きの寂しがり屋なの。誰か慰めてー（涙）』

そんな文字が目を横切る。

「……なるほど……セックスＮＧか……」

この手のアプリの注意書きには大抵、『性行為目的の使用は禁止しております』という文章が書かれていた。

要するに、紹介だけはするが、その後の交渉は本人同士でやれということだろう。

規約がどうであれ、当然、セックス目的で登録する者は多いはずだ。

だがどうやら本当に、一緒に食事をするだけだったり、話をするだけだったりするケースも多いらしい。

だったら、俺も話を聞いてほしい。娘と同じくらいの女の子の考えを知っておきたい。

「……一度くらいは……」

そう思い、試してみることにした。

まずは明らかに文章がおかしかったり、お金欲しさのセックス目的の女の子は除外した。

そして、文章が読みやすかった子をピックアップし、声をかけていった。

すぐに数人は反応してくれたが、どれも妙なサイトへ誘導する類《たぐい》の詐欺アカウントだったようだ。

そういった試練をくぐり抜け、なんとかアプリにも慣れていく。実際に会って、話をしてもいいという子が、最後には三人残っていた。

そして俺はその中の、『美咲』という子に会うことにしたのだった。

──うわ、なんだこの緊張感……何年ぶりだろう……。

駅前の広場は、待ち合わせている人が多く集まっていた。

家から数駅離れたこの場所は、すぐ近くに飲み屋や食事処も多く、また大型商業施設もあるので、かなりの人が利用する。

なので知り合いと顔を合わせても、すぐに人混みに紛れれば、隠れることができるだろう。

ただ、待ち合わせに目的の人物が来るかどうかは、わからないが……。

一応は服装の特徴と場所は伝えてあるから、あちらから見つけることはできるだろう。

ちなみに俺のほうは、彼女の特徴はまったく聞いていない。

それは女の子を守るための措置だと、注意書きには書いてあったが、要するに彼女たちのほうが見た目で男を判断し、断りやすくするための手段なんだろう。

もちろん、それは良い方法だと思うし、文句はない。

ただ、そこで待ちぼうけを食らうのは、あまり良い気はしない。せめて断りのメールくらいは欲しいものだ。

いったいどんな子が来るのだろうかと思いながら、周囲を軽く見渡す。

妻以外の女性と待ち合わせて外で会う。しかも、相手は娘と同じくらいの歳の子だ。

やましいことをするつもりはなくとも、冴えない中年の俺が若い女の子と会っていたら、話をしているだけで犯罪者に見えてしまわないだろうか。

そんな卑屈な考えと、新しい出会いへの期待が入り混じり、いつの間にか久しぶりに緊張してしまっていた。

さあ、約束の時間になった。

まだ俺に話しかけようとしてくる女の子は、見当たらない。

ああ……この歳でこんなに緊張するとは思わなかった。

いっそのこと、このますっぽかされたほうが良いのではないか――。

「あの……すみません」

そう思った矢先、ひとりの少女から透き通るような声で話しかけられた。

そこに現れたのは、清楚な雰囲気を持つ可憐な少女だった。

こんな子もパパ活をするんだな……。

俺のイメージでは、もっとチャラチャラした感じで、言ってしまえば娘のような派手な格好をしている子だとばかり思っていたので、目の前で話しかけてきた女の子にちょっと驚いてしまった。

しかも何より驚いたのは、彼女の着ている制服だ。

それは……娘と同じ学校のものだった。

「えっと……あの、アプリの……？」

おっと……そうだった。どうやら俺の返事を待っているようだ。

「ああ、その……君が美咲ちゃん……でいいのかな？」

一応、人違いということも考えて、遠慮がちに聞いてみる。

「はい、高畠さんでしょうか？」

「ああ、うん。よろしくね」

「はい、よろしくお願いします」

そう言うと、ペコリとお辞儀をする。

文章でやりとりしていたときの印象のそのままに、口調も丁寧で行儀も良さそうだ。

こんな真面目そうな子が『パパ活』をしていることに、内心では驚いてしまう。

「とりあえず、あのカフェで話をしようか」

「あ……はい」

俺はこくんとうなずく彼女を連れ、近くにあるカフェへ入ることにした。


「好きなものを頼んでいいよ」

「え？　あ、はい……ありがとうございます……」

店に入っても、美咲ちゃんはやや遠慮気味だった。

多分、初めて会う俺を警戒し、どんな人物なのか探っている最中なんだろう。

「今日はありがとう。わざわざ会ってくれて」

注文を終えた俺は、改めて礼を言って頭を下げる。

「あ、は、はい。私こそ……会ってくれてありがとうございました」

ペコリとまたお辞儀をする彼女は、ちょっと緊張しているようにも見える。

「……あれ？　もしかしてあまりこういうところは好きじゃなかったかな？　ファーストフードのほうがよかった？」

「いえいえっ！　そうじゃないんです。ただちょっと、イメージと違うかなって……」

「え？　もしかして俺、思った以上におじさんだったかな？　ごめんよ。イケオジじゃなくて……」

「そ、そう言う意味じゃなくて。あの……パパ活の人ってもっとこう、脂ぎってたりする人とか多かったから、けっこうちゃんとした人なのかなって……」

どうやら、気持ち悪いとか生理的に無理という印象ではないらしい。

それを聞いて、ちょっとだけ安心した。

「あ、なんかごめんなさい、勝手に変なイメージしちゃって……」

「いや、いいよ。まあ、ちゃんとした人かどうかはわからないけど。でも、お話をしたいと思ってくれたならよかったかな」

「はい。その……じゃあ、お話……聞いてくれますか？」

「ああ。俺でよければ」

それからぽつりぽつりと、美咲ちゃんは自分のことを語り始めた。

それは好きな食べ物や昨日見たＴＶの話などの、些細な話題から始まった。

それから学校での授業の話や、友だちの話へ。

そして自分の住む街の様子や家の場所など、少し踏み込んだ話をする頃には、だいぶリラックスしてくれたみたいだ。

「へー。じゃあピーマンが今でも嫌いなんだ？」

「はい。だってあれ、苦いじゃないですか」

「その苦さがいいんだけどね。まあ、美咲ちゃんくらいだと、まだわからないかもね」

「あー、それお子様だって言いたいんですか？」

「違うよ。ただちょっと舌が赤ちゃんだってだけだから」

「それ、子供すぎじゃないですかっ！　もうっ……ふふふ♪」

だいぶ打ち解けてくれたみたいで、時折見せる笑顔も多くなってきた。

本当はもう少し娘の学校のことを知りたいという気持ちもあったが、彼女を気遣い、話の聞き役に徹することにした。

それに聞いているだけでも、色々と新鮮な気持ちになれて嬉しかった。

「実は私……あんまりパパ活って慣れてないんです」

ふと、そんなことを打ち明けてくれた彼女は、少しバツが悪そうにしていた。

「そうだったのかい？」

「はい。だって今まで会った男の人って、みんなすぐに……そういうことをしようとしてきた人ばかりだったから」

「それは……」

「そういうことがあるのはわかってましたよ？　でも最初は皆、話がしたいだけだって言ってたのに……。私も男の人に、色々と話を聞いてもらいたいって思ってたし。でも、お金も欲しかったし……だから登録してそれで……」

どうやら、今までに出会ったパパとは、あまり良い思いはしていないみたいだ。

「でも結局は、エッチ目当てな人しかいなかったんです。だからもし、今日の人がそういうことをすぐに言ってくるなら、もうやめようかなって思ってたんです」

「そうだったのか……」

きっと根は良い子なんだろう。

だから話だけだという言葉を信じて、パパ活をしてみたのだ。

でもそれは世間知らずとも言えるし、お金に釣られたというのも自業自得ではある。

本来ならそんなものだと言って、世間的には冷たく切り捨ててしまうところだろう。

ただ俺は、この子に少し同情していた。

どうしても人恋しくなるというのは、誰でもあることだ。事実、俺もそれを求めてここに来ているのだから。

「……俺はまあ、潤いを求めているだけなんだよ。だからこうして若い子と楽しく話ができただけでも、もう十分だよ」

「本当……ですか？」

「ああ。だから嫌ならそういうことはしなくていいし、してほしいとも言わないよ。ただこうしてちょっとお茶をしたり、食事だけでいいんだ」

「そう……ですか……うん。高畠さんが最後で良かったです♪」

美咲ちゃんはそう言って、今日一番の笑顔を浮かべてくれた。

その笑顔が『上客を捕まえることができた』ゆえのものや、ただの演技であったとしても、俺は後悔はなかった。

「そういえば、甘い物が好きだって言ってたよね？」

「はい、まあ普通の女の子並みには……」

「じゃあ遠慮せずに頼んでいいよ。コーヒーだけじゃ、お腹も膨れないしね」

「え？　で、でも……」

「すみません、店員さん、注文お願いします」

彼女が遠慮して断る前に、俺は店員を呼んでいた。

そうして美咲ちゃんの好きなものを勧め、しばらくお茶をしながら、のんびりと話をして過ごす。

「──おっと……そろそろ時間だね」

「あ……そうですね……」

そうしている間に、約束していた時間を迎えてしまった。

あっという間だったが、とても充実した時間だった。

「今日は楽しかったよ。これ約束のものね」

そう言って、規定の料金が入った封筒を渡す。

「ありがとうございます。私もとっても楽しかったです♪」

彼女も満足そうに笑顔を浮かべて、封筒を受け取り鞄へしまう。

「え？　確認しなくてもいいのかい？」

「はい。だって多分、俊彦さんはちゃんとしてる人だと思いますから」

いきなり下の名前で呼ばれて、ドキッとしてしまった。

まあでも、俺も下の名前で呼んでるのだから不思議ではないか……名字は知らないが。

しかし、信頼するには少し性急すぎる気がする。

「……今日会ったばかりなのに、信用しすぎじゃないかな。美咲ちゃんはもう少し、他人を疑ったほうがいいと思うよ？」

「ふふ。でも私、人を見る目はあるんです。だから俊彦さんは信頼しちゃいます♪」

「そ、そうか……」

屈託なく笑うその顔はとても眩しく見えた。

逆になんだか俺の心が汚れているようで、むしろ悪いことをしているように思えてしまった。

「それであの……ちょっとお願いがあるんですけど……」

美咲ちゃんが少しソワソワして、そんなことを言ってきた。

もしかして追加料金でも請求されるのだろうか？

「えーっと……なにかな？」

まあ多少なら、と思いつつ、彼女のお願いを聞く。

「もう少しだけ……一緒にいてもいいですか？」

最近のカラオケは色々と機能が充実していて、俺の通っていた頃とは大違いだ。

「は～～っ、スッキリしましたーーっ♪　最近ストレスが溜まってたから、大きい声出したかったんです」

マイクを片手に満面の笑みを浮かべた美咲ちゃんが、俺の隣に座る。

俺たちはカフェを出てすぐ彼女にねだられ、一緒にカラオケをしていた。

「はは、それはよかった。凄く上手かったよ」

それは娘とテレビを見ていたときに流れていた曲で、確か口ずさんでいた。

それをなんとなく覚えていたので、うまい具合に手拍子をして、リズムに乗ることができたのだ。

「ありがとうございます。俊彦さんの歌も上手かったですよ」

「あんな昔の歌、知ってるとは驚きだね」

「あの曲って今、カバーされて結構人気なんですよ」

「そうだったのか……知らなかったな」

それなら今度、ちょっとした話のきっかけとして、娘にも聞いてみるとしよう。

「さあ、次は一緒に歌いましょう」

「いや、一緒にって……それはちょっと無理なんじゃ……ん？」

断ろうとしたが、流れ始めた曲は聞き覚えがある。

これは確か、最近流行っているというアニメ映画の主題歌だ。

洗脳するかのように、テレビでもかなりの回数が流れているので、サビの部分くらいまではなんとなくわかる。

「大丈夫ですよ。適当に歌ってください♪」

「ええ？　まあ、なんとかがんばってみようか……」

うろ覚えだが、マイクを握り、ふたりで並んで一緒に歌った。

それから更に数曲それぞれに歌い、美咲ちゃんの歌声に聞き惚れたり、俺が歌ったりと、楽しく過ごすことができたのだが……少し、困ったこともあった。

無意識なのか、美咲ちゃんは妙に甘えるようにスキンシップをとってくるのだ。

美咲ちゃんは、まだ学生とはいえ魅力的な女の子だ。意識しないようにしても当然のように反応してしまう。

「あ……それって……」

「……え？　あっ⁉」

し、しまった！

そう思った瞬間にはもう遅かった。

自分で見てもわかるほど、俺の股間は大きく盛り上がっていた。

「い、いやその、これはなんというか生理現象のようなもので……」

娘ならきっと嫌悪に顔を歪めるだろう。だがそんな状況にもかかわらず、彼女はじっと見つめていた。

「それって……私を意識してくれたんですか？」

美咲ちゃんは、なぜか嬉しそうにしていた。

「い、意識してないというわけじゃないが……でもこれはそういう意味じゃなくて……いやいや、でも決して君に魅力がないってわけじゃ……」

俺はなにを言っているんだ⁉

思いがけない状況に混乱してしまう。

そんな俺を見て、美咲ちゃんはクスクスとおかしそうに笑う。

「ふふ、別に隠さないでください。パパ活ですし……それに今日はいっぱい楽しませてくれたし、おごってもらっちゃいました。だから……私のほうからも、なにかをしてあげたいです」

むにゅっ――。

そんなことを言いながら、明らかに胸を押し当ててくる。

だが俺も大人だ。嬉しいことは嬉しいが、そこまではしゃぐような歳でもない。

「うん？　なにかって……いや、十分してもらっているよ？　こうして話もしているし、カラオケも久しぶりで楽しかったからね」

少し冷静を装《よそお》って、押し当てられている腕のほうで烏龍茶を飲む。

そうすることで、ちょっと距離を取ることができるはず――。

「それだけじゃなくて……してあげたいのは、エッチなことです♪」

「なっ⁉　えっ……えぇっ⁉」

空くはずの距離はひらかず、逆に縮まってしまった。

しかも、しっかりとエッチなことだと言ってきている。

「いや、でもそういうのは嫌だって、さっきまで言ってたんじゃ……」

「あれは、特に好みじゃない男の人からグイグイと来られたから嫌だったんです。でも今はそうじゃないですから、いいんですよ♥」

そう言ってまた、密着してきた。

「なにがいいですか？　俊彦さん♪」

「なにって……」

さらに胸を押しつけ、迫ってくる。しかもなぜかものすごく楽しそうだ。

もしかして俺は試されているのか？

俺は都合の良い、お話だけの『おいしい』パパじゃないのか？

それでもいいと暗に示したのに、なぜこんなことを……。

まさかないとは思うが……もしかしたら万が一の可能性として、美人局《つつもたせ》であることも十分に考えられる。

「うっ……」

だが、その場合どうするべきかを思い悩み、けっきょく大した答えも出せずに固まったままになってしまった。

しかし、かろうじて考えうる対策として、スマホの録音機能をＯＮにしておく。

本当に録れているかどうかは、わからないが……。

「あ、でもここだとあんまり大したことはできないかも……」

そんな俺の思いを知らない美咲ちゃんは、ふと小首をかしげる。

「え？　あ、ああそうだろう。うん。できないよね、うん」

「だからそうですね……ぱっとできるエッチは……」

「ぱっとできるって、そんなお手軽にっ⁉」

やはりパパ活経験者だけあって、こういうことに抵抗がないのだろうか？

それならそれで、任せてみても……。

……って、なにを考えているんだ、俺はっ⁉

「い、いや、ちょっと待ってくれ！」

流されそうな自分の心にも喝を入れるように、彼女を止める。

「俺は別に、そんなことまでは望んでな……」

「うーん、それじゃあ、おっぱいで……なんてどうですか？」

「はっ⁉　おっぱ……っ⁉」

俺の言葉は、まったく彼女を止められなかったようだ。俺自身もそこで揺らいでしまう。

「そ、それはつまり……」

「こういうことですよ♪」

そう言って、俺の前に移動してそのまま跪《ひざまず》くと――。

「ん……はい、どうぞ♥」

少し頬を赤らめながら、自分から胸をさらけ出してきた。

「な、なにをしてるんだ⁉　こんなところで……」

俺はうろたえながら、とりあえずその肌色から目をそらす。

「大丈夫ですよ。カメラだってこの角度だったら、俊彦さんの背中に隠れて見えないですから」

「カメラっ⁉　ああ、確かにあそこの壁にあるけど、そんなことまで考えていたのか……って、そういう問題じゃない！」

ちょっと感心してしまったが、この非常識な彼女の行動に、胸からは目をそらしたまま、手を伸ばして止めようとした。

「……俊彦さん……私じゃ嫌ですか？」

「え……？」

俺の手を掴み、優しく包み込んだ美咲ちゃんが悲しそうな声で聞くので、思わず目を向けてしまった。

「あ、見てくれた♪　ふふ、作戦成功です♥」

イタズラな顔をした彼女の口元は笑っていた。

「なっ⁉　美咲ちゃん……おじさんをからかわないでくれ……」

そう言いながらまた視線を外そうとしたが、本能がそれを躊躇させる。

とても健康的で大きな肌色。

慎ましやかな、きれいなピンク色の乳首。

女性の裸なんて今まで何回も見てきているはずなのに、動揺して視線が外せない。

それに、これまでに見たどんな女性よりも、彼女の肌は美しかった。

ああ、そうか……俺は興奮してるんだ……娘と同い年のこの女の子に……。

そう自覚すると、かっ！　と下半身が熱くなってきてしまった。

「からかってなんてないです。本当に、俊彦さんにしてあげたいんです」

美咲ちゃんは、手を握ったまま見つめてくる。

その瞳は、騙しているようにも嫌々やっているようにも見えない。

本当に、自分からしたいと思ってくれているのか？　こんなおじさんに……。

「い、いや、しかし……」

なんとか常識に踏みとどまろうとする俺に、更に彼女がにじり寄ってきた。

「ダメ……ですか？　私じゃ……」

「うっ……」

上目遣いで見つめてくるその仕草に、声が詰まってしまった。

きちんとした大人だったら、当然ここで止めるべきだ。

だが俺はもう、きちんとは断れなかった。

でも、やはり自分から言うことはできない。

そんな俺の気持ちを、優しい美咲ちゃんは汲んでくれたようだ。

「あ、そうですよね……それじゃあ私が勝手にしちゃいます♪」

「……え？　ちょっ、ちょっとっ⁉」

彼女はベルトに手をかけると、そのままズボンを脱がしてきた。

もちろんそれは、男の力で本気で拒めば止めることができることだ。

でも期待してしまっている俺は、言葉で拒否するだけで行動しなかった。

本当に……卑怯な男だ。

「わぁぁ……すごく大きくなってる……やっぱり興奮してくれてたんですね♥」

そんな最低な大人の肉棒を、美咲ちゃんは嫌がらずに見つめていた。

きっとパパ活をする彼女にとって、これは普通のことなんだろう。そう思うようにする。

それに女の子がここまでしてくれているのだ。だったらもう拒否するのは逆に失礼だ。

そんな言い訳を心の中でしつつ、彼女との淫らなやり取りを続けることにした。

「……まあ、それは……こんな可愛い子に、こんなふうに誘われたら、男なら誰でもそうなるよ」

「可愛いだなんて……ふふ。お世辞でも嬉しいです」

「お世辞だったら、もうちょっと気の利いたこと言うよ。でもその……なんだかすまない……」

「え？　なんで謝るんですか？」

「だってこんなおじさんに、そういういやらしい目で見られて……気持ち悪いだろう？」

「そんなことないですよ。もちろん嫌な人もいますけど……でも俊彦さんはちゃんとしてるし、親切だし優しいし……私的にはアリですから♥」

「そ、そうなのか……」

真に受けるほど若くはないが、言われて悪い気はしない。

それに一応同意があるということを確認できて、ちょっとだけ罪悪感が薄まった。

「それにしてもこれ、ものすごく大きくなってますね……」

ハラハラしている俺とは対照的に、特に気にしていない様子の美咲ちゃんは、興味があるのかじっと俺の肉棒を見ている。

「ん……触ってもいいですか？」

「あ、ああ……嫌じゃなければ」

「嫌なわけないじゃないですか。それじゃ、あっ♥」

「うっ……」

きれいで細長い指が、思ったよりもしっかりと肉棒を掴んできた。

「うわっ⁉　こんな熱くなってる……んんぅ……興奮してるのが伝わってくるみたい……んぅ……」

「え？　あうっ、美咲ちゃん……くぅ……」

てっきり握るだけだと思っていたが、躊躇なく上下に軽く擦ってきた。

「ん……こんな感じですよね？　痛くないですか？」

「あ、ああ……丁度いいよ……」

やはり手慣れてはいるみたいだ。かなり気持ちいい。

というより、こんな快感を味わうのは久しぶりだった。

「あ……まだ膨らんでるみたい……はあぁ……とってもたくましくなってますよ……んんぅ……」

「お、おおぉ……うっ……」

思わず腰が引けてしまい、我慢するのが大変だ。

だが、そんな俺の反応を、美咲ちゃんは違うほうに捉えたようだ。

「んぅ……あっ！　ちょっと手で弄るのが長かったですよね。ごめんなさい、せっかくおっぱい出してるのに使わなくて。はぁ……こんなに立派になってるのを見るのは初めてだったから、興味出ちゃいました♥」

「い、いや別に俺はなにも……」

握っていた手を放し、改めて美咲ちゃんは身体ごと俺ににじり寄ってくる。

「大丈夫です、ちゃんとしますよ。手よりおっぱいのほうが気持ちいいですからね♪　それじゃあ、こうして……挟んじゃいますよっ♥」

「えっ⁉　ああっ⁉」

そして大きな胸を両手で掴むと、勃起した肉棒をしっかりと挟み込んできた。

「ん、しょっ……どうですか、俊彦さん」

そのたわわな双丘でむにゅりと肉棒を挟み込み、上目遣いに俺を見る。

「ど、どうって……」

真面目そうな見た目の彼女が、胸を強調しているような姿は、かなりギャップもあって興奮する。

「……ああ、すごくいいよ……」

「ふふっ、よかったです♪　んんぅ……それにしても、本当に熱くて大きい……はぁぁ……おっぱいが燃えちゃいそう……♥」

挟んだ肉棒を確かめるように軽く揺する。

「んんぅ……それじゃ、こうやって……むぎゅー♥」

彼女はぐっと胸を寄せて、その巨乳で肉竿を圧迫してくる。

「なっ⁉　くぅ……⁉」

柔らかな乳房が形を変えて、こちらへとアピールしてきていた。

その気持ちよさと眼福な光景に、俺の欲望は高まっていくばかりだった。

「んぁぁ……とっても硬くて、形がくっきりわかるみたい♪　んぅ……どうですか？　私のおっぱい♥」

「ああ……挟まれてるだけでも良すぎるくらいだよ」

さっきも感じていたが、改めて見ると一般の女性よりもかなり大きい。

俺の肉棒が挟まれて見えなくなるほど、彼女の胸は包容力がすごかった。

しかも大きいだけじゃない。

すべすべの透き通るような肌が、肉棒に吸いつくみたいで心地良い。

「んんぅ……ふふ、喜んでもらえて嬉しい♥　はぁぁ……」

そして程よい弾力が、挟む度に圧迫してくる。その圧倒的なまでの包み込まれる感覚に、勝手にブルッと下半身が震えてしまう。

「んんぅ……あ、ついまた感じちゃった♪　はぁぁ……挟んでるだけじゃ物足りないですよね？　んんぅ……んっ、んあぁっ♥」

「ぬおっ⁉　おおぉ……」

全身を使うようにして、上下に動かし始めてきた。

「んあぁぁんっ♥　はあぁ……んっ、んんぅ……おっぱいの中でまだ大きくなっちゃってますね、これ……んぅ……んんぅっ♥」

胸に埋もれるようにして、左右からしっかりと挟まれながら扱かれる。

肉棒は興奮でガチガチに勃起して、敏感に反応していた。

「あぐっ……美咲ちゃん、やりすぎだ……うっ……」

「んっ、んはあぁ……あっ⁉　んぅ……先からエッチな雫が出てきちゃってますね♥　んんぅ……ふあぁぁ……♥」

「なっ⁉　そんなもうっ⁉　くぅ……」

挟んでいる彼女の指摘通り、亀頭からカウパーが出てきていた。

ああ、こんなに早く……俺は童貞の学生か？

「くぅ……すまない、美咲ちゃん……」

思わずまた謝ったが、彼女はまた不思議そうな顔をした。

「んんっ、んはぁ……また謝ってますよ？　んんぅ、……どうしたんですか？」

「いや、こんなものを出してしまったからさ……」

「え？　でも気持ちいいから出てるんですよね？　これって……んんぅ……男の人はみん

な出るんですよすね？」

「それはそうだけど……でもほんとうに気持ち悪くないのかい？」

「ぜんぜん。んっ、んんぅ……むしろ滑って気持ち良くなるから、嬉しいです♥」

「そ、そうか……それならいいけど……」

本当になんとも思っていないといった様子で、胸での扱きを続けてくれる。

「いろいろ気にしすぎですよ、俊彦さん……はあっ、んんぅ……もっと気楽に感じてくればいいんです……んっ、んぅ……私が勝手にしていることなんですから♪　んはぁ……あっ、あぁぁんっ♥」

そう言って美咲ちゃんは楽しそうに、俺の目の前で上下運動を繰り返した。

こんな、自分よりかなり年下の女の子に気を遣わせてしまうとは……。

「んっ、んぅ……ふあっ、ああんっ♥」

自分の情けなさを実感しつつ、彼女のテクニックに少しずつ身を委ねる。

「すごくたくましいですね……んっ、んんう……いっぱいの凸凹でおっぱいが擦れて、こっちも気持ち良くなっちゃいます♥　んはあぁ……んんぅ……♥」

「んっ……そう言ってもらえると、こっちも嬉しいな」

「んんぅ……はいっ♥　ふたりで気持ち良くなりましょうっ♥」

胸を文字通り弾ませて、美咲ちゃんはより大胆に、そして激しく扱き続ける。

「あうっ、んんぅ……はっ、あぁぁっ♥　この感じ、久しぶりにいいですぅ……んあっ、はあぁ……ああっ♥」

それにしても、かなり手慣れているように見える。

「……ずいぶんと慣れてるけど……やっぱり今までにも、誰かにしてあげたのかい？」

あまり聞くべきではないとは思ったが、どうしても気になってしまい、思わず口にしてしまっていた。

こういう気の利かないところが俺の悪いところだ。

妻からも文句を言われ、娘からも煙たがられる理由だろう。

「そうですね……前の彼氏とパパ活で知り合った人にだけ……してあげましたよ♪　んっ、んんぅ……んんぅ……♥」

でも美咲ちゃんはそれを特に気にせず、嫌がらずに話をしてくれた。

「あ、でも誰にでもするわけじゃないんですよ？　んんぅ……気に入った人だけにしか、しないですから……んっ、んぅ……」

「じゃあ、気に入ってもらえたんだね、俺は」

「ふふ、そうですっ♥　んっ、んんぅ……俊彦さんは今までのパパたちと比べて、とってても素敵ですから、大のお気に入りですよっ♥」

そんなことを言って笑う彼女の顔は、なんだかとてもまぶしくて、思わず胸が高鳴ってしまった。

「お、おおぅ……それは光栄だね……」

そしてその高鳴りと一緒に、下半身も限界に達してしまいそうになる。

「んあっ⁉　はぁぁんっ♥　あっ、またおっぱいの中でギュッって硬くなってる……んんぅ……これって、もしかして？」

「くぅっ⁉　ああ、美咲ちゃん……も、もう……」

堪《こら》えきれない射精感になんとか耐え、どこか出せる場所はないかと探していたが、美咲ちゃんはその考えを遮る。

「んっ、んはぁんっ♥　はいっ、わかりました……それじゃ、そのまま出してください……んんぅ……はっ、はぁぁんっ♥」

「ええっ⁉　でもそれじゃ、美咲ちゃんが汚れて……くぅっ⁉」

「大丈夫ですから遠慮せずに……んっ、んんぅ……おっぱいでいっぱいっ、出して……出してぇっ♥」

「ああっ⁉」

ビュクビュクビュクッ！　ビュルルッ！

更に両方から挟んでくる乳圧に、暴発気味に噴き出した。

「きゃうっ⁉　あ〜〜んむっ♥」

美咲ちゃんは器用にも射精の瞬間を狙い、大きく開けた口で亀頭を咥え込む。

「うぷっ⁉　ふむうぅんっ♥　んくっ、んふうぅ……んんっ♥」

そして次々と噴き出す精液を口にいっぱい含み――。

「ん～～……ごっくんっ♥　ごきゅっ、んくぅ……ごくっ、ごくぅ……ちゅふぅ……♥」

「な、なんでっ⁉　おおぅっ⁉」

そのまま喉を鳴らして飲んでしまった。

「んちゅぷっ、んはぁ……凄い濃いですね。喉にからまっちゃいます……ん～～ちゅっ♥　じゅるる……ちゅぅ……♥」

さらにその柔らかい唇で肉棒に吸いつき、最後までしっかり吸い取りながら舐めて、綺麗にしてくれた。

「んちゅっ、んはぁ……これで汚くないですね♪」

「あ、ああ……」

こんな若い子に胸で、しかも最後は飲んでもらうとは思わなかったな……。

「ん……どうでした？　俊彦さん。私、ちゃんと気持ち良くできましたよね？」

「あ、ああ……うん……」

「あはっ♥　良かった～～♪」

あまり大した返事もできなかったが、美咲ちゃんは本当に嬉しそうに微笑む。

こんな素晴らしい経験を、俺がしてよかったんだろうか……。

かなりの衝撃に、しばらくその場で放心してしまった。


「——とても楽しくて……そして気持ち良かったよ」

「はい。私もです♥」

素直な気持ちを伝えると、とてもいい笑顔で同意してくれた。

「私のワガママに付き合ってくれて、ありがとうございました」

ペコリとまた律儀にお辞儀する。

その拍子に大きな胸がぷるんと揺れて、またドキッとしてしまう。

いかんいかん。見ると、また反応してしまうな。

「あー……その、俺のほうこそありがとう。よかったら、これ……」

もう封筒はなかったが、お礼の意味をこめて万札を数枚小さく折って、追加のパパ活料金を支払おうとする。

だが、彼女は俺の手から、そのお金を受け取らなかった。

「いいえ、もうさっきいただきましたから、いらないです」

「え？　いや、でも……」

「あれはサービスですよ。本当に楽しかったから♥」

そう言って彼女は一歩後ずさり、キラキラとした笑顔を見せる。

受け取る気はまったくないみたいだ。

こんないい子と、一度会うだけで終わるのは嫌だ。そんな気持ちが湧いてくる。

「よかったら、また会えないかな」

自然と本音が口に出ていた。

「……はい。連絡待っていますね」

「あ、ああ。絶対するからっ！」

「ふふ、楽しみにしてます♪」

そう言って彼女はまたお辞儀をして、駅の改札口へと消えていく。

「…………いい子だったな……」

この心と身体が熱くなる感じは、いつ以来だろう。

こんな調子のまま帰るのはなんだかもったいない気もするし、妻や娘にも妙に感づかれるかもしれない。俺は少し落ち着くために、また近くのカフェへと入ったのだった。


娘と同い年の若い子と、楽しい時間を過ごせた。

それだけのことで、気持ちの張りがまったく違う。

翌日以降、俺は仕事を忙しくこなしていたが、疲れはあまり感じなかった。

身体に活力が漲《みなぎ》っていたのだ。

『――連絡待っていますね』

美咲ちゃんはああ言ってくれたけれど、本心だろうか？

それともあれは単に、パパ活相手へのリップサービスだろうか？

……いや、別にどちらでも構わないか。

俺自身がもう一度、会いたいと思ってしまっているのだから。

また連絡することは、もう俺の中では決まっていた。

さて、ではどうやって今度は誘おうか。

前回は昼から夕方までで、時間も短かった。

だから、次はもう少し余裕を持ってふたりで過ごしたい。

「……そういえば、美咲ちゃんは美味しそうに食べていたな」

カフェで頼んだパフェを喜んでいたが、俺はあることに気づいていた。

実はあのときメニューを見ていた彼女は、ガッツリと食べられるスペシャルサンドイッチセットや、肉のゴロゴロ入ったスペシャルミートスパゲティでも迷っていたことを。

娘と同い年の成長期だ。

美咲ちゃんも、食べることが意外と好きなんじゃないだろうか？

まあ娘の場合はダイエットだなんだと言って、食事を抜くこともある。

だが、お菓子はきちんと食べるし、夜中に夜食でおにぎりを食べているようなので、基本的には食べることは好きなんだろう。

それならば、ちょっと奮発して良い店をリサーチしてみよう。

そんなわけで、会社の同期にも良い店がないか教えてもらったり、自分でも色々と調べてみた。

こうして誰かと食事をするために店を調べ、予約するのは久しぶりだ。

それに色々と調べていると、普段歩いている街や最寄り駅のことなども知れて、とても新鮮な気持ちになって楽しかった。

こうして準備を万全にしてから、美咲ちゃんを誘うことにする。

『先日はどうもありがとう。とても楽しかったよ。また逢いたいから、今度、一緒に食事でもどうかな？』

シンプルなメッセージを送付する。

と、すぐに既読がついた。

「……お、早いな……」

そしてあっという間に返信が届く。

『私もすごく楽しかったです。連絡を待ってました♪　ぜひ、行きたいです』

どうやら彼女の母は看護師で、夜番のときならば怪しまれずに、少し遅くまでいられるらしい。

まあそこまでは遅くならないということを伝え、彼女の都合の良い日に逢う約束をした。


待ち合わせの場所に着いたときには、すでに彼女が待っていた。

「ごめん、待たせちゃったようだね」

「いいえ、まだ時間前ですよ？　私が早く来すぎちゃったんです。楽しみすぎて♪」

そう言った美咲ちゃんは、本当に嬉しそうだった。

今日は制服ではなく、とても落ち着いた雰囲気の私服姿で、やはり好感のもてる印象だ。

「よく似合ってるね。美咲ちゃんにぴったりだよ」

「ありがとうございます。ちょっとだけ、おしゃれしちゃいました♪」

なんて言いながら、クルリと回る。

程よく揺れるスカートが可愛らしい。

髪から少しだけイヤリングも見え、薄く化粧もしているようだ。

少しだけ大人の雰囲気を醸し出しているように見えたが、ちょっと背伸びしている印象が拭えないのが、幼さを強調しているようだった。

ともかく、こうして俺とのデートにおしゃれまでしてくれたのは嬉しい。

「じゃあ、行こうか。すぐ近くだから」

「はい。お願いします」

そうして美咲ちゃんを連れ、同僚や部下からも評価の高かった、ちょっと洒落たレストランへと向かう。

「ええっ⁉ こ、ここですかっ⁉」

店先を見た美咲ちゃんは、なぜか驚いていた。

「え？ 駄目だったかな？」

「ダメじゃないですけど……でも思っていたよりすごいところだから、ちょっとびっくりしちゃって……」

どうやら高すぎるんじゃないかと、遠慮しているみたいだ。

「見た目は立派だけど、そこまで高くないんだよ。ここ」

「そ、そうなんですか？」

「ああ。同僚も育ち盛りの息子を連れて来ることがあるらしいが、そこまでじゃないと言っていたしね」

「そうですか……でもそうは見えないですけど……」

美咲ちゃんはキョロキョロと見渡し、まだ遠慮している。

まあ、確かに高級感はあるし、ファミリー系のレストランと比べれば、そこそこの値段はするらしい。

だがその程度で財布が痛むほど、稼いでいないわけじゃない。

「それに予約をしてしまったからね。キャンセルすると余計にもったいないよ」

「あう……そ、そうですよね……じゃあ、今日はお言葉に甘えさせていただきます」

そう言うと背筋をピンっと伸ばして、改めて姿勢をよくする。

「はは、緊張しすぎだよ。さあ、入ろう」

「あ……はい……♪」

カチコチになる彼女の肩にそっと手を置き、入り口のドアを開けた。


「――うわぁ……すっごく美味しいです、このお肉。こんな柔らかくて蕩けちゃうお肉なんて、今まで食べたことないですよー♪」

「そうかい。それはよかった」

美咲ちゃんは目を輝かせ、美味しそうに食べてくれた。

最後に家族で外食をしたのは、いつだっただろう。

もう、あまり思い出せない。

最近は家でさえ、妻や娘と一緒に食事することもほとんどなくなっていた。

そんな俺にとって、彼女の反応は新鮮で楽しいものだった。

その笑顔を見ているだけで、嬉しくなって腹が満たされるようだ。

そうして食事も終わり、食後のデザートも堪能して、お茶を飲みながら一息ついた。

「ふう……ちょっと食べ過ぎちゃったかな」

「はい。私もお腹いっぱいです」

彼女の食べっぷりを見ていたら、ついつい俺も調子に乗って、気付けばかなり追加注文していた。

ふと時計を見ると、そろそろ夜もふける頃だ。

楽しい時間はあっという間に過ぎるものだということを、久しぶりに気付かされた。

「帰りは途中までタクシーで送るよ」

「え？　あ……もうそんな時間ですか……」

美咲ちゃんも楽しんでくれていたようで、とてもがっかりして見せてくれる。

「……でも私、まだ行きたい場所があるんです」

「え？　行きたいって……今日？」

「はい」

もう遅いからとたしなめようとしたが、なぜか彼女は真剣に俺を見つめていた。

もしかして行きたいところというのは……。

美咲ちゃんも俺の雰囲気で、伝わったと思ったのだろう。

「今日は私……そういうつもりで来ましたから……。だから俊彦さんと、行きたいんです……」

「美咲ちゃん……」

そんなふうに真剣な目をして誘われてしまっては、断るわけにはいかない。

そうして俺たちはレストランを出ると、一緒に近くのホテルへと向かった。


シャワーを浴びて浴室から出た彼女は、備え付けの白いガウンを着ていた。

「…………」

その頬は少し赤い。

それはきっと、浴びたシャワーのせいじゃないだろう。

「こっちに……」

「は、はい……」

ベッドの近くへ招くと、トコトコと小さい歩幅で素直に歩いてくる。

その様子は年相応の少女だった。

だが、身体はもう立派な大人だ。

「っ…………」

自分からガウンを恥ずかしそうに脱ぐと、眩しいくらいの裸体が現れた。

「あ……綺麗だよ、美咲ちゃん」

「うぅ……恥ずかしけど……嬉しいです……♪」

そう言って微笑んではくれたが、その顔はなんだかぎこちない。

まだ身体は緊張しているようだ。

それに少しだけ、不安そうな目をしている。

まるでそれは初体験を前に、緊張している少女のようだ。

でも美咲ちゃんは経験者のはずだ。自分でもそう言っていた。

「どうしたの？　なんだか緊張しているみたいだけど……初めてじゃないよね？」

一応確認してみると、小さくこくんと首を縦に振った。

「はい。そうなんですけど……でも……実はあんまり経験がなくて……」

「ええっ⁉　そ、そうなのかい？」

意外な理由で、普通に驚いた。

そして、大丈夫だとは思っていたが、俺とするのがやっぱり嫌だとか言われなくて、とてもホッとした。

「……エッチは、前にちょっとだけ付き合った彼氏と一回……途中までしただけなんです……」

「それはまた……少ないかもね」

彼女くらいの若さの男子なら、猿みたいにしたがると思うが……まあ色々と事情があるのだろう。

でも、それならパパ活では、どうしたんだろうか？

その疑問に、勘のいい美咲ちゃんはすぐに答えてくれた。

「パパ活の相手とは……セックスまではしてないんです。だから大人の男の人とするのは初めてで、ちょっと緊張しちゃってます……」

「なるほど、そういうことか……」

彼女の緊張の理由がわかって納得した。

確かに美咲ちゃんくらいの歳で、俺ぐらいのおじさんを相手にするのは色々と抵抗があるに違いない。

少なくとも、娘のような性格なら絶対に断ってくるだろう。

「……それじゃあ――」

今日はやめておこうか。

きっとできた大人なら、そう言うべきなのはわかっていたし、今ならまだ間に合う。

しかし、俺はそう言おうとは思わなかった。

「……優しくするよ。美咲ちゃん」

「あ……はい♥　んっ……ちゅっ……♥」

まだ緊張している彼女を優しく抱き寄せると、まずはキスをした。

「んちゅっ……んんぅ……ちゅっ、ちゅむぅ……」

穏やかな軽いキスで、彼女の様子を見る。

「ちゅふぅ……んはっ、んんぅ……ちゅ……」

嬉しそうに受け入れているようだけど、まだやはり緊張は緩まない。

嫌そうではないのだから、もう少し大胆にしてみようか。

「ちゅうぅ……んんぅっ⁉　ちゅぷっ、んちゅぅ……んんっ♥」

ぎこちない唇を舌先で割り、熱い口内へ入っていく。

「ちゅふっ、んんぅ……んはぁぁ♥　ちゅっ、んんぅ……♥」

少し驚いているようだったが、すぐに俺の舌へ自分の舌を絡めてきて、自分のほうへ引き込もうとしてくる。

美咲ちゃんらしい大胆さが戻ってきたようだ。

「んちゅむぅ……んはあぁぁっ♥　ふふっ、いっぱい……キスしちゃいました♪」

「ああ……俺の舌が吸い込まれるかと思ったよ」

ほのかに甘い唾液を交換し、濃厚なキスをひとしきり終えた頃には、緊張はもうほぐれていた。

「ん……とってもほわっっとして、すごくいい気分です……はぁ……キスってこんなに気持ち良かったんですね。知らなかったです」

「俺も、こんなキスは久しぶりだよ……んっ……」

「んんぅ♥　ちゅふっ、んんぅ……ちゅっ……♥」

もう一度唇を合わせ、そのままベッドへと静かに寝かせる。

きめ細やかな美しい肌。大きな胸がたぷんと揺れる。

「ああ……本当に綺麗だ……」

「んああぁんっ!?　ふああぁ……ああんっ♥」

さっそく、大きな胸に手を伸ばして感触を確かめるように揉んでみた。

「はあぁ……んあああぁっ♥　んぅ……俊彦さんの手……熱くて大きい……あうっ、んんぅ……触られたところから気持ち良くなっちゃう……♥」

指に吸いつくような、もっちりとした肌。

少し強く揉むと、指がくい込むくらいに柔らかい。

だが、ただ柔らかいだけでなく、そのすぐ奥にはしっかりとした弾力があり、青い果実のような若さを感じる。

「ふぁぁんっ♥　んんぅ……んくっ、ふぁぁ……♥」

揉む度に甘い声を漏らして、身体をよがらせる。

美咲ちゃんの肌は興奮で発熱し、しっとりとしてきた。

「んんぅ……俊彦さん、おっぱいだけ……しすぎです……んっ、んあぁぁ……そこだけですごくよくなっちゃいますよぉ……」

「ん？　ああ、そうか。胸だけだと物足りないね」

「んえ？　あうっ、別にそういう意味じゃなくて、俊彦さんのほうも気持ち良くなってほしいって……きゃあぁぁんっ⁉」

もじもじとして、きゅっと閉じていた太腿の内側に、手を滑り込まる。

「ふふ……気を遣いすぎだよ、美咲ちゃん。俺のほうは、こうして若い子を触っているだけでも十分気持ちいいからね」

「ふわぁぁんっ⁉　ああっ、やんんぅっ♥」

そのまま熱い秘部へ指を這わせた。

「ふあっ、はぁ……もう、そ、そこに……んあっ、きゃううぅんっ♥」

熱い裂け目をなぞるように触れてみると、思ったよりもかなり濡れていた。

どうやら胸の愛撫がよかったみたいだ。

「かなり気持ち良くなってくれてたんだね。気付かなかったよ」

「んんぅ……んえ？　そ、そんなにですか？　んんぅ……おっぱいが気持ち良くて、そこまであんまりわからなかったです……んんぅ……んんぅ……」

ここまで濡れているなら、このまま指先を入れても喜んでくれるだろう。

「それじゃあ、もうちょっと弄らせてもらおうかな」

「うなあぁんっ⁉　んくうぅ……んはあぁっ♥　ああっ、俊彦さんの指っ、ニュルって入ってきちゃってるぅ……んくっ、ああぁんっ♥」

案の定、かなりいい反応をしてくれる。

「はっ、はあぁんっ♥　あうぅ……なんで、こんなにぃ……はあっ、はあぁ……この指、感じやすいです……はうぅ……ああっ♥」

愛液でぬめっているが、膣内は思ったよりも狭いようだ。

緊張していたせいなのだろうか？

「……もうちょっときちんと弄るよ」

「ええっ⁉　あうっ、んはあぁっ♥」

そう思い、ちゃんとほぐすことにする。膣内をくすぐるようにしながら、マッサージ感覚で愛撫を続けた。

「ふあぁ……ああんっ♥　そんなに広げる感じでしちゃ……んくっ、んんぅっ♥　どんどん中のほうから熱くなって、すぐに気持ち良くなっちゃいますよ……ああっ♥」

「うん？　いいんじゃないかな？　美咲ちゃんがこんなに素直に感じてくれるのは、嬉しいよ」

「んくっ、はうぅぅ……で、でも私だけ気持ち良くなるなんて……はあっ、ああぁんっ♥　やっぱりよくないです……」

あくまで俺を気遣う彼女は、申し訳なさそうに眉を寄せる。

「美咲ちゃんだけじゃないさ。触ってる俺だって、とてもいい気持ちだよ」

「んくっ、んぅ……本当に？　あうっ、んんぅ……俊彦さんも気持ち良くなってるんですか？　んくぅ……」

「もちろん。あ……でも、正確には触ってるだけでというわけじゃないかな」

「はあっ、はんぅ……それって、他にもあるんですか？　んんぅ……」

「そうだね。えっちに感じている美咲ちゃんの顔を見るのも、すごく気分がいいよ」

「ひゃうぅっ⁉　そんな……んくっ、んんぅ……み、見ないでくださいぃ……」

恥ずかしがって手で顔を隠そうとするが、俺はそれをやんわりと止める。

「駄目だよ。ちゃんと見せてくれないと、俺が気持ち良くなれないからね」

「なっ⁉　あうっ、んくううぅ……俊彦さんのイジワルぅ……んくっ、んはあぁ……ああぁっ♥」

そのままほぐすような愛撫を続けていると、膣口が締まったのが分かる。

「んくっ、ふあぁっ⁉　ああっ、あぁぁんっ♥　だ、ダメぇ……んんうっ♥　この指、エッチすぎますぅ……ふあぁぁっ♥」

そして膣内が小刻みに震えると、美咲ちゃんがぎゅっと俺の腕を掴む。

「んあぁぁっ⁉　イっっクうう～～～～ぅっ♥」

「……え？　おおっ⁉」

思ったよりもあっけなく、彼女は絶頂していた。

「んあっ、んはっ……はぁぁ……や、やだ……あううぅ……恥ずかしすぎますぅ……はぁっ、はぁ……」

「ここまで感じてたとは思わなかったよ。美咲ちゃん、感じやすいのかな？」

「んんぅ……そういうわけじゃないと思うんですけど……んんぅ……こんなに男の人の前ですごく気持ち良くなっちゃったのは……初めてです……♥」

「え？　彼氏のときはどうだったんだい？」

「んんぅ……元彼はここまでしてくれなかったです……ちょっと触っただけですぐ入れようとしてきて……しかもそんなに気持ち良くなくて、痛かっただけでしたから……」

「そうか……まあ、若いとまだ色々と気遣いができないところはあるからね。俺もそれで失敗したことはあるよ」

まだ学生のときの苦い経験が蘇ってきて、ちょっと恥ずかしい。

まあそれも、今となればいい思い出だ。

「そうなんですか？　でも……元彼よりすごくよかったです。やっぱり年上の人のほうが、安心できますね♪」

美咲ちゃんはそんなことを言って、にっこりと微笑んだ。

その仕草からは、お世辞には見えない。

「いや、買いかぶりすぎだよ。俺だって人並みくらいにしか経験ないから。美咲ちゃんがここまで喜んでくれるとは思わなかったから、イッたときは驚いたくらいだし」

「はうぅ……い、言わないでください……ほんと恥ずかしいんですから……」

今さらなような気もしたが、美咲ちゃんはまた、ぶり返した恥ずかしさで顔を隠してしまった。

そんなにも可愛らしいものを見せられては、もう俺も止まれない。

「……そろそろさせてもらおうと思うんだけど……どうかな？」

「あ、あうぅ……なんだか、このままは余計恥ずかしいですよぉ……」

「ふむ……それじゃあ、こうしてさせてもらおうかな」

「え？　なにを……あっ⁉」

恥ずかしがる彼女をその場でぐるりとうつ伏せにさせ、腰を持ってお尻を突き出させる。

後背位のポーズだ。

「んんぅ……こ、この格好で……ですか？」

「ああ。もう我慢できないんだ。これでさせてもらうよ」

「それはいいですけど……んんっ⁉ あうっ、んはぁぁんっ♥」

念のため、もう一度彼女の膣内を指先で確認する。

絶頂までの愛撫が効いているようで、きちんと濡れてほぐれているようだ。

「さあ……いくぞっ！」

「はぁんっ♥ は、はい……♥」

素早く着けたゴムで覆われた肉棒の先を、彼女の膣口に宛がう。

「あくううぅんっ⁉ ひううぅ……んあぁぁっ♥」

そのままぐっと力を込め、膣内にめり込ませていった。

「ひゃううぅ……んはぁぁんっ⁉ あぐぅ……ふ、太いのがメリメリって……私の中を目一杯に広げちゃって……んはぁ♥ うそ……あぁっ……ぜんぜんちがう……あっ♥」

「おお……これはなかなか……くっ……」

想像以上にかなり狭い。

やはり、きちんとは経験してなかった感じだ。

「よし……これで全部だよっ」

「あうんっ⁉　はっ、くううぅぅんっ♥」

かなり弾力のある膣壁をかき分けつつ、肉棒を根本までしっかりとねじ込んだ。

「う、ウソ……はあっ、あぁぁ……こんなに入ってきちゃうなんて知らないです……これ……俊彦さんの大きすぎますよ……んぅ……」

「え？　そこまでじゃないと思うけどね。まあ、後ろからしてるからそう感じているんじゃないかな。きついかい？」

「んんぅ……いいえ、そうじゃないですけど……あう、んはぁ……ちょっと驚いちゃって……」

美少女相手にいつもより興奮はしてるけど、サイズはそこまでじゃないはずだ。経験はあるが人数は少ないから、大したことのない俺の肉棒でも凄いと感じるのだろう。

でもまあ、悪い気はしない。というより……ものすごく興奮するっ！

今すぐにでも激しくしたいが、さすがにこの歳でがっつくのは格好悪い。

「んっ……美咲ちゃん。驚いているところ悪いけど、我慢できないんだ。動かすよっ」

「えっ⁉　あふっ、んくぅぅ……んはあぁっ♥」

様子を見ながら、ゆっくりと狭い膣内を行き来し始めた。

「あっ♥　ん、はぁ……あぁっ……！」

腰を動かしていくと、美咲ちゃんが甘い声をあげる。

「んくっ、んはあぁ……奥のほうから入り口まで、ズルズルってすごく擦れますぅ……はうぅ……ああっ♥」

「ああ……よく張りついてる感じがするね」

ゴムを着けてはいるが、中がきついせいか、まるで生でしているような感覚がする。

それはゴムの性能がいいのか、それとも久しぶりだからなのか……。

「んあっ、んくぅ……はあっ、ああぁっ♥　やんぅ……ああんっ♥」

理由はわからないがすごい快感だったので、徐々に腰の動きは加速していった。

「んんぅ……なんですかこれ……んっ、んんぅ……信じられないくらい、ビクビクってきちゃいますよぉ……ああぁんっ♥」

やはり若い子の感触は、まったく違う。

「くううぅんっ♥　ふあっ、ああぁ……どんどん速くなってくうぅ……ああっ♥」

ハリのある尻肉に指を食い込ませながら、腰を振っていく。

「あふっ、ん、はぁ……すごい太いのが……あうっ、ああっ♥　私の中をいっぱいにぃ……んううぅっ！」

潤んだ膣襞《ちつひだ》が肉竿をしっかりと咥えこみ、擦るようにして快感を送り込んでくる。

その肉体的な気持ちよさと、娘の同級生を抱いているという倒錯感が、俺を昂ぶらせていった。

「……美咲ちゃん、悪い。もう本気でさせてもらうよっ！」

「んえぇっ⁉　ひうっ、んはあぁんっ♥」

ガッチリとお尻を掴み、全力のピストンで膣内をかき回す。

「あんっ、んはあぁんっ♥　ああっ、激し……んんっ、んあああぁっ♥　俊彦さんっ、すごすぎますぅ……くぅぅんっ♥」

「ああ……たまらないっ！」

ねっとりと絡まる襞と、きつく締まる膣口の快楽で腰が止まらない。

そこにはもう、大人の余裕なんてものはなかった。

「あぁっ♥　ん、はぁ、あああぁっ！」

嬌声をあげる美咲ちゃんを眺めながら、腰を振り続ける。

「んくっ、んんぅ……こんなに激しくされちゃうとっ、またすぐ良くなりすぎちゃうぅ……んあっ、あああぁっ♥」

打ちつける度に柔らかな尻肉が波打ち、背中からでも見える横乳がせわしなく揺れる。

「ああっ、ふあっ、きゃううぅんっ♥　ああっ、頭がぼーっとしてきちゃったぁ……んっ、んんぅっ♥　こんなになるのっ、初めてぇ……ふああぁっ♥」

愛液が溢れて飛び散り、シーツを汚し、卑猥な水音が広がっていった。

「あっ♥　あうっ♥　んああぁっ⁉　まだギュンて硬くなって……んくっ、んはあぁっ♥

あたしの中、ぐちゃぐちゃになっちゃうぅっ♥」

「くっ⁉　もう限界だ！」

元々そこまで強いわけじゃない。

だから、こんなに激しく腰を振れば当然、射精も早くなる。

今までにないほどに滾《たぎ》る欲情が、後先を考えずに俺を突き動かした。

「んくっ、ふあぁあっ♥　あうっ、くんぅ……げ、限界ってぇ……あっ♥　あうっ♥　くんんぅっ♥」

「出すよっ、美咲ちゃん！」

「んぇえっ？　はうっ、くんんぅ……出るってやっぱりそれっ、もう……射精するってことですよね？　んっ、んくぅ……」

「ああ、でも安心していい。ちゃんとゴムは着けてるからねっ！」

「きゃあぁんっ⁉　ふあぁあっ♥　んあっ、はいっ、はいいいっ♥　俊彦さんっ、いいぃっ♥　このまま私にっ、いっぱい、いっぱいぃ……♥」

ドクンッ！　ドクドクドクッ、ドビュルルッ‼

「んあぁあっ♥　いっぱい出てっ、気持ちっ、いいいいぃいいぃっ♥」

彼女のお尻に股間を密着させ、ぶちゅっ！　という愛液の水音と一緒に、膣奥で精液を放つ。

「あうっ、んくっ、んはあぁ……♥　私の中でビクンビクンてぇ……元気に跳ねちゃってますぅ……ああっ♥　ふあああぁ……♥」

ゴムがあることで安心してくれているのか、美咲ちゃんは背中を小刻みに震わせて、俺の射精を感じ入っているようだ。

「んんっ、はあっ、はああぁ……♥　また私、イっちゃいましたぁ……♥　んんぅ……俊彦さんは、どうでしたかぁ……？」

「ああ……気持ちよかったよ……」

本当に、気持ち良かった。それこそ、まったく余裕がないほどに。

結局、最後はがっついてしまって、まるで学生時代のころのような盛りっぷりだった。

しかもその無駄に火のついた欲情は、まったく萎えることがなかった。

「……ごめん、美咲ちゃん……これ、止まらないよっ！」

「んんぅっ⁉　ふぁっ⁉　えぇ～～っ⁉　くんんぅっ♥」

ギンギンに勃起し続けている肉棒を、そのまま抜かずにまた腰を動かす。

しかも、今までと同じくらいに激しくだ。

「ふああぁんっ♥　んあっ、そんな……あぁぁっ♥　こんなにまた激しくしちゃ……んっ、んんぅっ♥」

ありえないほど漲《みなぎ》った下半身で、美咲ちゃんのお尻をパンパンと叩くように責め立てる。

「んくっ、ふあああぁっ♥　ああっ、あんっ、音が凄いぃ……んっ、んんぅっ♥　エッチな音がいっぱいぃっ♥　あぁぁっ♥」

無心になって、ただ欲望のままに腰を振る。

そしてまた湧きあがってくる射精感に後押しされるように、限界へ向かって突き進む。

「ああああぁっ⁉　またビクンって大きくなってるぅっ⁉　んくっ、んんぅっ♥　こ、これって……」

「ああ……いくよっ！」

「ふえぇっ⁉　んあぁぁっ！　あっ♥　あぁぁっ♥　激しすぎてっ、おかしくなっちゃうぅ……あうっ、んんぅっ！」

ドププッ！　ビュルッ、ビュルッ、ビュクルルルルッ‼

「ひゃあああぁっ⁉　こ、これっ、すごいいいいぃぃぃぃっ♥」

今までに経験のない、早すぎる連続射精。

それでもしっかりと力強く精液は噴き出して、彼女の膣奥でゴムを膨らませる。

「んんっ、んふあぁぁあぁ……あうっ、んんっ♥　お腹の奥のほうでぇ……すごく大きくなってますぅ……はうぅ……これ、抜けなくなっちゃいますよぉ……」

「うっ……まさかこんなに出るとは思わなかったんだ。ごめん、今抜くよ」

破れてはいないだろうが、もしかしたら途中で抜けるかもしれない。

慎重にゆっくりと引き抜いていく。

「きゃうぅ～～……んはぁんっ♥」

「おお……なんだ、この量……」

予想以上に溜まった精液に、俺自身が驚いてしまった。

それにしても、破れなくて本当によかった。

とりあえずゴムを外して縛り、適当なところに置いておく。

「んっ、んはぁ……んんぅ……俊彦さん、抜けましたか？」

「え？　あ、ああ……」

改めて見た彼女の背中は、玉のような汗を浮かべてとても美しい。

まだ絶頂の余韻でヒクついている膣口が愛液で怪しく光り、それに連動するように、プルプルの瑞々しいお尻が震えている。

ああ……なんてスケベな光景なんだ……。

その様子を見ていたら、またムラムラしてきた。

「んんぅ……？　俊彦さん？　あの……どうしてお尻をまた掴むんですか？」

彼女がそう言って不思議そうに振り返ったときにはもう、俺はゴムを装着し終えていた。

「美咲ちゃん……ごめんもう一回っ！」

「ええっ!?　きゃあああぁんっ♥」

それからも一度だけでなく、二度、三度としてしまった。

「――んんっ、んはあぁ……はあっ、はうぅ……も、もう無理ですぅ……あううっ、んんぅ……」

「ああ、俺ももう出ないよ……」

最後のほうは、美咲ちゃんも自分の体を支えることができず、ベッドに上体を投げ出すように沈めていた。

俺はそのお尻を持ち上げながら、寝バックでしつこく腰を打ちつけていたので、まるで犯しているような体勢になってしまった。

「ごめんよ、美咲ちゃん。乱暴にしてしまって……」

「んんっ、んはぁ……大丈夫ですぅ……はあっ、はあぁ……というか、途中からもう記憶がないくらい気持ち良かったですからぁ……♥」

「そうか……ありがとう」

「んんぅ……はい……♥」

素直にその言葉を信じて感謝すると、嬉しそうな顔を俺に向けてくれた。

本当に……どうしたんだ、俺は……。

妻とはもう、だいぶレスの状態だ。

だから、かなり溜まっていたということもあるのだろう。

しかし、だからといってここまでやれるとは思えない……。どうやら美咲ちゃんとのセックスの相性が、かなりよかったのかもしれない。

「あうぅ……それにしても俊彦さん、しすぎですよぉ……んんぅ……お股がちょっと痛いです……」

少し恨めしそうな目で俺を見ると身体を丸め、股間を両手で軽く押さえた。

「ええっ⁉　血が出てないかなっ？　病院に行くかい？」

「んぅ……そこまでじゃないからいいですよ……それに、初めてあんなにイかせてもらったから、許しちゃいます……♥」

「そ、そうか……」

どうやら、心配するほどの痛みというわけではなさそうだ。

「……もしかして俊彦さんって、絶倫ってやつなんですか？」

「え？　い、いや……」

そう聞かれて、俺も困惑する。

「こんなにしてしまうとは、俺も思わなかったよ。美咲ちゃんが相手だからかな」

「ふふ、それなら……嬉しいです♥」

ぎゅと俺に甘えて抱きついてくる。

正直、確かにやりすぎだと思ったが、美咲ちゃんもかなり感じまくってくれたので、結果的にはよかったようだ。

「あ……でも私のみっともない顔は忘れてくださいね。恥ずかしいですから」

「うん？　ああ……でも、忘れるのはどうかな……」

「ちょっとっ⁉　思い出しちゃダメですからねっ、もう……んふふふ♥」

そう言ってまた抱きついてくる彼女を、心の底から可愛いと思った。

そして同時に、俺は自分の心がときめいていることにも気付いた。

こんなおじさんが気持ち悪い。

そう思う反面、自分の気持ちを大事にしたいという思いもある。

今まで枯れかけていた感情が一気に復活したのは、彼女のおかげだ。

「……また逢えるかな」

「はい……約束です……♥」

そうしてしばらくふたりで抱き合いながら、まったりと時間までベッドで過ごした。

そして夜も遅いからと、タクシーで家の傍まで送ってから別れた。

その瞬間からもう、彼女に逢うのが待ち遠しくてたまらなくなった。

第二章　取り戻す青春

美咲ちゃんの都合や、俺自身の仕事の状況もあって、ふたりで逢うのはどうしても不定期になってしまう。

だがスマホでの連絡だけは細かく取っていた。

毎日のように、今日あった出来事や、次に逢ったときに行きたい場所などのやり取りをするようになったので、それが楽しみにもなっている。

そんな日々が何日か続き、やっと仕事が一段落した。

ああ……これで心置きなく彼女と逢える。

「うっ⁉　うわ……」

そう思うと、自然と彼女のぬくもりや身体の感触を思い出してしまったようだ。

「…………おいおい……中学生かよ？」

不覚にも、思いっきりフル勃起してしまった息子を見て、ため息をついた。

だが、こんなふうに反応してしまうのも、ずいぶんとご無沙汰だった。

それだけ、彼女と身体を重ねた経験は、俺にとって素晴らしいものだったのだ。

美咲ちゃんはどう思っているのだろうか……。

行為の後のピロートークで、あんなに甘えてきたのだから、悪くは思っていないのだろうけど。

『早く大人になりたい』

『子供扱いをされたくない』

『大人っぽいことへの憧れ』

彼女と話をしていたときに、そういう気持ちを抱いているのは感じていた。

だから演じていたり、無理をしている部分も少しはあるだろう。

でもそれは年頃の女の子なら、当然持っているものだろう。

それをひっくるめて、彼女は可愛らしい。

その気持ちを、良い方向に導きたいものだ。

「お、そうだ……」

今度は前とは少し違う、やや大人の雰囲気のある店に誘ってみようか。

子供だけで行けば、変な奴らに目をつけられる可能性もあるが、きちんとエスコートする大人と一緒に行けば、絡まれることはないだろう。もちろん、制服でも問題なくて、変な奴らが出入りしないような店を選んでいくつもりだけど。

「となると、あそこの店なんてどうかな。うん、あそこはマスターもいい人だし、きっと良い経験になるかもな」

俺は自信を持って、スマホを取り出した。


「今日もまた、素敵な場所に招待してくれて、ありがとうございます」

「いいんだよ。でも、どうかな？　こういうところは」

「初めて来たのでドキドキしてます。とっても大人の雰囲気で、少し緊張しちゃうかもしれません……」

「まあ、なにごとも初めては緊張するからね。気負いせずに愉しめばいいよ」

「はい♪」

雰囲気のいい間接照明の中。

俺のお薦めの店のカウンター席で、仲良く並んでいた。

「最近は忙しくてなかなか逢えなかったから、今日はこうして都合がついて、本当によかったよ」

「そうですね。私も寂しかったです。だからまた誘ってもらえて嬉しかったです」

そう言って優しく微笑む彼女の頬は、ちょっとだけ赤みを帯びていた。

「そっか……じゃあもう一度、乾杯しようか」

「はい♪　かんぱーい♪」

軽くグラスを交わすと、澄んだ美しい音が、店内のＢＧＭと共に絶妙なハーモニーを奏でる。

「んぅ……こくこく……」

美咲ちゃんはワイングラスに入った赤い液体を、ぐいっと勢いよく喉に流し込む。

「はぁ……美味しいです……わたし、ちょっと酔っちゃいました♥」

「うんうん。今年のぶどうジュースは美味しいらしいからね」

「むぅ……雰囲気を読んでくださいよー、俊彦さん」

当然、彼女にお酒を出すわけにはいかないので、ぶどうジュース。

俺は控えめに軽いビールを飲んでいた。

「あーあ……早く大人になって、一緒にお酒を飲んでみたいなぁー」

「最近の若い人はあまり飲まないらしいけど、美咲ちゃんは飲みたいんだ？」

「だって美味しそうじゃないですか。それにこういう雰囲気の場所では、やっぱりそれに合ったものを飲んだほうが、より愉しめると思うんです」

「まあそうだね。でも酒なんて、程々にしておいたほうがいいけどね」

飲まなくてもよいのなら、飲まないほうが本当はいいのだ。

でも飲まないとやってられないことも、大人にはある。

大人になるってのは痛みのほうが多い気がするな……でも……。

なんとなく苦いビールを飲み込み、おつまみをパクパクと美味しそうに食べる美咲ちゃんを見ていると、大人でよかった気もしてくる。

「はぁ……とっても素敵な雰囲気で、お酒がなくてもなんだ酔ってる感じになっちゃいますね」

「はは。美咲ちゃんは感受性が強いな。でもちゃんと愉しんでくれてるみたいだね」

「はい。こうして大人っぽいお店に連れてきてもらって、大満足です」

終始ニコニコで楽しそうだ。

本当に連れてきてよかった。

「……でも、一つだけ不満があります」

と思ったが、急にそんなことを言ってきた。

「うん？　なにかな？」

「私を……呼び捨てで呼んでほしいです」

「え……？」

思いもよらないお願いに、目を丸くした。

『早く大人になりたい』

『ひとりの女性として見てほしい』

そんな気持ちの表れからの願いだということは、想像がつく。

別にそれくらい、彼女を認めてあげてもいいんじゃないだろうか。

「……じゃあ、美咲？」

「わぁ……はい♪　俊彦さん♥」

ぎゅと俺の腕に抱きつくようにして腕を絡ませてくる。

「あ、そこは呼び捨てじゃないんだ？」

「だって……さすがに言いにくいですよ……」

「まあ、確かにそうか……」

彼女とこうして逢い引きしていることで若返った気になっていたが、所詮はただのくたびれたおじさんだ。

年齢差もかなりあるので、礼儀正しい彼女からしたら、そのほうが自然ではあるかも知れない。

ただ、歳を痛感した気がして、ちょっとだけ寂しい。

「……呼んでほしいですか？」

気持ちを汲んだのか、美咲ちゃ……いや、美咲がいたわってくれる。

こんなにもきちんと人のことがわかる子を、いつまでも『ちゃん』付けは失礼だ。

「いや、好きなように呼んでくれていいよ」

「じゃあ、やっぱり俊彦さんで♪」

「その呼び名のほうが、俺もしっくりくるかな」

「はい。私も甘えやすいですし♪」

「ふふ、それは役得だな」

そうして、楽しいひとときを過ごした。

美咲の素直な反応を見て、俺もかなり気分よく飲めた。

お互いに、最初に考えていたよりもずっと楽しく、パパ活をできていると思う。

そしてもちろん盛り上がったふたりは、そのままホテルへと向かうのだった。


「──あんっ♥　ちゅっ、ちゅふぅ……んちゅっ、ちゅぅ……♥」

部屋に入ると服を脱ぐ間もなく、彼女のほうから求めてくるようなキスをしてきた。

その様子だと、本当に心待ちにしていたようだ。

まあ、もちろん俺も、食事をしているときから期待で色々と膨らんでいたんだが。

「ちゅはっ、んんぅ……ちゅむっ、ちゅぷぅ……んんぅっ⁉」

少しきつめにしっかりと抱きしめ、舌を絡めた深いキスで、彼女の期待に応える。

「ちゅふっ、んんぅ……また素敵なキスをいっぱいしてもらっちゃった♥　んんぅ……俊彦さんも、キスは好きなんですか？」

「ああ、もちろん。特に美咲とは格別だよ……んっ！」

「ちゅううぅんっ♥　んんっ⁉　ちゅはあぁんっ♥　んんぅ……そう言いながらおっぱい揉んできてますよ♪　あうっ、はあぁっ♥」

いつ見ても見事な胸を持ち上げるように揉むと、甘い吐息を漏らしながら、更に俺へと身体を寄せてきた。

「んはあぁんっ♥　んあっ、んんぅ……なんでだろう……自分で触るときよりも気持ちいいです……あううぅ……俊彦さんって、触るの上手なんですね」

「そうかな。今までそんなことを言われたことは、一度もなかったけどね」

「そうなんですか？　んっ、はんんぅ……じゃあきっと、私とエッチしてそういう能力が開花したんですね♥」

「ははっ、そうかもね」

「んはあぁんっ♥　あっ、くうぅんっ♥」

でも確かに美咲の言うことは、間違っていないかもしれない。

彼女相手だと、ちゃんとしてあげたいという気持ちが自然と溢れてくる気がする。

妻相手だと、そこまで思ったことはなかったが……。

「んっ、んんぅ……どうかしました？　俊彦さん……」

よく気が付く子だ。

愛撫されていても、俺の顔をしっかり見ているせいなのか、ちょっとした変化も敏感に感じ取る。

それが他の誰かならイラッとするだろうが、美咲に言われるととてもありがたく思えるのが不思議だ。

「……いや。すごく触り心地のいい胸だなと思ってさっ」

「ふあぁぁっ!?　あうっ、くううぅんっ♥　なにを言ってるんですか？　そっちはおっぱいじゃないないですぅ……んはぁぁっ♥」

胸を弄るのはもちろん、スカートを捲りって彼女のショーツの中に手を突っ込むと、湿った秘部へ指を滑らせる。

「あ……とても熱くなっているね」

陰唇がかなり膨《ふく》れていて、すでにパックリと膣口が開いている。

それまるで、俺を招いているようだ。

「あうっ、はああんっ♥　んぅ……だって、おっぱいもキスもすごく気持ち良かったから……あっ、くうぅんっ♥」

「はは、それは嬉しいね。ここでも良くなってもらいたいな」

「あっ、はううぅ……あぁぁっ♥」

湿った秘裂をなぞるようにして優しく擦る。

「んくっ、んふぅ……大事な場所をなぞられると、そこからジンジン熱くなってきちゃうぅ……ふあぁぁ……♥」

じんわりと濃い愛液が染み出してくる。

それを塗りたくるように膣口に広げた。

「んくっ、んはぁ……あううぅ……またいっぱいエッチな汁が出ちゃってるみたい……んくっ、んんぅ……」

「出るのはいいことなんじゃないかな。この後のことも考えると」

「んんぅ……でも恥ずかしいです……はううっ……あんまり出させちゃ……ダメですよ、俊彦さん……あぁんっ♥」

「それはできないかな。でも、ここまですぐに濡れてくれると、男としては弄り甲斐があるね」

「んあぁっ!?　ひゃうっ、きゃんんぅっ♥」

指先に十分に愛液をつけて濡らすと、そのままずっぷりと蜜壺へ入れていく。

「おお……指だけでもすごい気持ちいいよ」

熱く狭い膣内は俺の指をしっかりと咥え込んでくる。

「あうっ、んうぅ……それはこっちのセリフですよ……あっ、はんぅ……俊彦さんの指が入ってくると、中のほうが自然と喜んじゃうんです……」

「ああ。その歓迎ぶりが、伝わってくるな」

「ひうぅ……んはぁんっ♥」

プリプリの弾力のある膣壁をマッサージするように、まんべんなく弄っていくと、喜んで身体をよがらせてくれる。

「あうっ、くぅんっ♥　ひゃうぅ……そ、そんなに私の中、熱心に弄らないでください……んんぅ……いっぱい熱くなっちゃうぅ……」

「ふふ。いいじゃないか。もっと気持ち良くなって、しっかりとほぐれてくれれば、美咲も感じやすいだろう？」

「あうっ、はんぅ……そうなんですけど、んっ、んくぅ……俊彦さんの指は、すぐ良くなりすぎちゃうんです……はあっ、きゃううぅんっ⁉」

「うん？」

もっと感じやすい場所はないかと探っていくと、周りの感じと違い、少しプツプツとしているところがあった。

「な、なんです今のっ⁉　はうぅ……凄いビリビリって、電気みたいな気持ち良さがきたんですけど？」

「あ、なるほど……」

どうやらここが、彼女の膣内で敏感に感じやすい場所のようだ。

「えっと……なにを納得したんですか？　俊彦さん……」

「うん？　ああ……ここで、もっと美咲を感じさせられると思ってね」

「ふえっ⁉　んあぁぁんっ♥　あうっ、あんっ、そこっ……んんぅぅっ♥」

見つけたGスポットをさっそく重点的に、軽くくすぐって愛撫する。

「ひううぅ……んはぁぁんっ♥　あうっ、そこ気持ち良さが違いすぎますぅっ！　んくっ、ふあぁ……あぁぁっ♥」

思った通り、かなり感じてくれているみたいだ。

「はあ、はううぅんっ♥　やんぅ……頭の中、真っ白にぃ……ああっ♥」

これならもう、先に絶頂へ導いたほうがいいかもしれない。

「もうちょっと大胆にいくよ」

「んえっ⁉　ひうっ、ふあぁ……ま、待ってぇっ！」

ぎゅっ！

「……え？」

そう思った矢先、急に彼女が俺の腕を掴んで、止めてきた。

「どうしたんだい？　もしかして痛かったかな？」

「はうっ、んんぅ……そ、そうじゃないんです……すごく気持ち良くて、とんじゃいそうでしたからぁ……はうっ、んんぅ……」

「それならどうして……」

「んんぅ……このまま気持ち良くなっちゃうのもいいんですけど……やっぱり俊彦さんと繋がって、もっと気持ち良くなりたいんです……」

そんなことを言って、美咲は熱い眼差しを向けてきた。

うう……なんておねだりをしてくるんだ、この子は……。

これには完全に胸を撃ち抜かれてしまった。

「ああ……美咲が望むなら、もちろんだ」

「んんっ!?　あっ……♥」

さっそく彼女をベッドへ押し倒すようにして横たえ、脚を開く。

今まで弄っていた秘部はすっかり赤く色づき、いやらしく濡れそぼっていた。

「んんぅ……俊彦さん……♥」

もう我慢できない俺はすぐに肉棒にゴムを着け、膣口へ押し当てた。

「……今日は顔を見ながらしても大丈夫かい？」

「へっ!?　あ、あうぅ……あんまり見ちゃダメで……す」

「ははっ、それは無理かなっ！」

「んきゅぅんっ⁉　あふっ、んはあああぁぁっ♥」

一気にすべてを彼女の中にねじ込むと、全身を大きく震わせた。

「んあっ、はうっ、やあぁ……これすご……んくうううぅぅぅぅっ♥」

それと共に膣口が急にギュッと締めつけてきて、膣内がビクビクし始めた。

「あ……これはもしかして……？」

「ふはっ、んはぁ……う、うそぉ……あうっ、んんぅ……い、入れてもらっただけで、イっちゃうなんてぇ……んあっ、ふああぁ……♥」

さっきまでの愛撫で昂りすぎていたのかもしれない。

ともあれ、こうして繋がって絶頂できたのだから、美咲の望みは叶っただろう。

「はうぅ、んんぅ……なんだかごめんなさい、俊彦さん……はあっ、んんぅ……ひとりだけ先に気持ち良くなって……んんぅ……」

「別に謝ることじゃないさ。むしろこれだけで美咲をイかせることができて、男として誇らしいよ。んっ……」

「んちゅっ、ちゅふぅ……俊彦さんにはずっとイかされっぱなしですけどね♥　ちゅっ、んんぅ……♥」

まだ膣内がビクついているので、しばらくは繋がったまま、キスをして落ち着かせようとした。

とはいえ、俺のほうはまだ、しっかりと滾ってしまっている。

「んんぅ……んはっ、んんぅ……あっ、もしかして動かしたくなってますか？」

「うっ……バレちゃったか」

落ち着けないのは俺のほうだった。

「ふふ、だって私の中で俊彦さんのが、また大きくなってますから……はぁぁ……いいですよ。好きなようにしちゃってください♥」

美咲はそう言うと、むしろ期待に満ちた目で見つめてきた。

本当に、よく気の利く女の子だ。

「それじゃあ、遠慮なくイかせてもらおうかっ」

「ふあっ⁉　んあぁぁっ♥　んくっ、んはっ……はいっ、はいぃっ♥」

彼女の中を味わうように、まずはしっかりと膣壁に密着させながら腰を動かす。

「んあぅ、くうぅ……」

ピッタリと張りつてくる狭い膣内を、強引に動かしていく感覚がたまらない。

「ふあっ、ああぁっ♥　太いところがグリグリくるぅ……んっ、んはぁっ♥　引っかかって、中身が引きずられそう♥」

「くぅ……美咲の中、歓迎しすぎだ」

ねっとりと絡みつく愛液と、卑猥にこすれる襞の快感を味わいながら、腰の動きをさらに加速させていく。

「んくっ、ふあぁぁっ♥　あうっ、んはあぁっ♥」

打ちつけるようなピストンを行うと、彼女の柔らかい身体がベッドの上で揺れる。

「んぁ♥　あっ、ん、はぁっ……遠慮なしでグングンくる、俊彦さんの腰振り……すっごくいいとこ、擦るってるぅっ♥」

それに合わせて、大きな胸が柔らかそうに弾んだ。

「はうっ、んんぅ……あっ、ああっ♥」

「ああ……いい顔してるよ、美咲」

「ひゃうぅ……んんぅ♥　あんまり見ちゃダメって言ってるのにぃ……。あっ♥　あぁぁっ♥」

俺は組み敷いた彼女を見下ろしながら、腰を振っていく。

「あふっ、ん、はぁ、ああっ♥　頭の中、また白くなってるぅ……んっ、んんぅっ♥　俊彦さん、私っ、またイっちゃう……ふあぁぁっ♥」

彼女はそのかわいい顔を、すっかり快感にとろけさせていた。

普段はまだ幼さの残る少女の顔が、淫らに乱れて女の顔へと変わっていく。

制服姿のままなのも、たまらなかった。

「んあっ、あああぁぁっ♥　いいぃ……セックス、いいぃっ♥」

この歳で女学生のそんな姿を間近で見られる俺は、とても幸せだ。

「ふふ……もっといい顔を見せてくれ、美咲っ！」

「きゃうっ⁉　んはあぁっ♥　あっ、ああっ、また激しくなって……全身、ふわふわになっちゃうぅっ♥　あんっ、はあぁぁっ♥」

蕩ける彼女の羞恥の表情は俺に優越感をもたらし、腰に力が入ってしまう。

「ひうっ、くううぅんっ♥　あっ、ふぁあぁぁ♥」

おまんこの奥が熱く蠢き、膣口がきつく締まる。

「あんっ、んんぅっ♥　身体が浮き上がっちゃうぅ……気持ち良くてこれっ、浮いて……イクううぅっ♥」

どうやら美咲が、また上り詰めようとしているみたいだ。

「はっ、はううぅ……んあっ、あああぁぁっ♥」

「くぅ……」

その膣内の動きにやられ、俺も堪えることができなくなってきた。

「きゃあぁんっ⁉　ああっ、中で熱く膨らんでぇ……んっ、んんぅっ♥　これっ、私も俊彦さんもっ、イっちゃうっ、イっちゃうぅっ♥」

「出すよっ、美咲……うっ！」

ドクンッ！　ドクンッ！　ドクドクドクンッ！

「ふゅあああぁっ⁉　イクぅぅぅっ♥」

一瞬、俺にぎゅっと抱きついたかと思ったら、そのままストンと脱力した。

「ふあっ、んはああぁ……あふっ、んんぅ……すごいぃ……目の前が真っ白になってぇ……んあっ、はぁぁ……天国にいっちゃったのかもぉ……♥」

一回跳ね上がるごとにゴムが膨れ、美咲の中で大きな精液の塊となっていく。

「はは、そこまで感じてくれたのか。って、うおっ⁉　くっ……まだ搾ってくるみたいだね」

「ふあっ、んはあぁ……身体が勝手にぃ……んんっ、んはあぁ……本当にぃ……どこかに浮かんでるみたいぃ……んんぅ……」

これはまた、すごい絶頂顔だな……。

そういえば、彼女のこう言う顔をちゃんと見るのは初めてだ。

しかも快楽のせいで、恥ずかしさも忘れているみたいだし。

「ふああぁ……あうっ、んんぅ……しわせぇ……♥　んんぅ……」

絶頂に酔いしれる美咲の瞳には、もう俺は映っていないようだ。

夢を見るようにして、視線は宙をさまよっていた。

しばらくして落ち着くと、ふたりとも身体がベタベタになっていることに気が付いた。

そこで一緒に風呂に入ることに。

「あぁ……気持ちいいな……」

身体を洗い終えると、広め浴槽だったので一緒に入ることにした。

湯気の立ち上る、のんびりとした時間が過ぎる。

今度もし機会があれば、温泉に行くのもいいのかもしれない。

「うぅ……いっぱい見られちゃいました……私の恥ずかしい顔、しかもすっごい近くでじっと見るなんてぇ……」

美咲は顔を赤らめて、俺の蛮行（?）を恨めしそうな目でずっと抗議してきている。

「ごめんごめん。あまりにも気持ち良さそうだったからついさ」

「もうっ……だからって、じーっと見るのはエチケット違反ですよ？　もうちょっとデリカシーを持ってください」

「うっ、反省します……とにかく機嫌直してよ、美咲。そうだ、もう一度身体を洗ってあげようか？」

「そ、そんなことをしたら、お泊まりコースになっちゃいますよっ⁉」

お湯に浮かぶ大きな胸を両腕で隠して、距離を取る。

「うむ……確かに堪えきれない自信があるかな……」

「そんな自信を出さないでください……ふふ、もう……エッチなんですから♥」

結局、お風呂に入っただけで一応我慢し、その後はタクシーで家の傍まで送っていくことにした。

ちなみに、機嫌を直してもらう代わりに、アイスをおごることになったが。

「へえ……これはいい」

彼女の家からほど近いコンビニでタクシーを降りると、そこからはふたりで歩いて帰ることにした。

「こんなにクオリティーが高くなってたんだね」

「そうですよね。それ、私のオススメなんです♪」

久しぶりに食べるアイスは、妙に美味しかった。

それはアイスの進化なのか、このシチュエーションのせいなのかはわからないが、とりあえず美咲の笑顔を見られて気持ちがほっこりとする。

「……いつもありがとうございます」

すぐそこに見えるアパートだというので、手前で別かれることにした。

「……いいんだよ。それに実は、俺もここから近いんだ」

「え……？　そうなんですか⁉」

本来なら、パパ活でお互いの家まで教えることはまずないだろう。

だが、ここまで気に入ってしまったし、なによりもう、彼女の家を知ってしまったのだ。

「といっても、もう少し離れているけどね。えーっと……ここが住所だよ」

「え……？　あっ……」

ピコンと美咲のスマホから着信音が鳴る。

俺からのメッセージには、家の住所が書かれているはずだ。

「いいんですか？　私に教えちゃって……」

「いいさ。俺も美咲の家を知ったからね。これでおあいこだよ」

「……はい。そうですね♪」

彼女はそう言ってスマホを胸にぎゅっと抱きしめる。

その瞳は少し潤んでいるように見えた。

「それじゃあ、おやすみなさい」

「ああ、おやすみ」

あまり家の近くで、妙な中年男と一緒いるところを見られるのはよろしくないだろう。

「じゃあ、また今度」

そう言って、後ろを向き、一歩足を踏み出す。

ぎゅっ――。

と、急に俺の目の前に回り込んできた美咲が抱きついてきた。

「ちゅっ……♥」

「……んっ⁉」

唇に温かいものが当たった。

「ふふ。おやすみのキスです♪」

「あ、ああ……」

「それじゃあ、また誘ってください。連絡待ってますから～♥」

まるでイタズラがバレた子供が逃げるように、そのまま走ってアパートへと入っていく。

「お……ふ……？」

突然のことに思考がついていけず、しばらくその場でぼーっと、彼女の後ろ姿を見続ける。

……あ、まずい。こんなところでじっと立ってたら通報されるっ⁉

はっと気付いた俺は、やっと後ろを向いて歩き出す。

それにしても……あの不意打ちは危なかった。

意識ごと心が持っていかれそうなほど可愛くて、どうにかしてしまいそうだった。

踏みとどまった俺を褒めてあげたい。

唇の熱さがぜんぜん消えない。

それだけでなく、妙に身体に力が漲る。

ああ……これじゃおやすみできないよ、美咲……。

「ふ……ふふ……」

いつもならタクシーを拾う距離だが、『おやすみのキス』の効果を発散しようと、上機嫌で歩いて帰宅した。


最近、部下からも元気ですねと言われることが多くなった。

自分でもわかるくらいに活力が漲ってきていて、仕事も疲れることがなくなったし、なにより身体のキレが違う。

やはり、美咲との『パパ活』のおかげだろう。

だが俺の変化には、近くで一番見ているはずの妻や娘は気付いていないようだ。

相変わらずの冷めて乾いた態度。

まるで、居ても居なくてもいいというような雰囲気だ。

そのことに思うところはある。

だがそれは以前のことだ。

最近は俺のほうも、特に気にすることもなくなった。

俺は家族に縛られず、自由に生きようとしていた。

あの『おやすみのキス』の晩からも、美咲とは連絡を細かく取っている。

勤務中でさえ軽くやり取りをするくらいに夢中だったが、もちろん俺は抜け目なく仕事はこなし、ミスはしなかった。

順調に仕事が回れば、それだけ逢える時間が増える。

美咲の都合に合わせ、ちょっとした時間があったら逢うようにまでなっていた。

といっても毎回必ずセックスをするわけではない。

学生が普段なら行かないような、落ちついた雰囲気の店でお茶をしながら会話だけをしたり、ＴＶで紹介されたというケーキを買っていってプレゼントしたり。

または、女子だけでは行くのに抵抗があるというラーメン店に一緒に入ったりして、放課後のプチデートを味わうような感覚で、美咲とのパパ活を楽しんだ。

そうして何度も会い、話していくうちに、お互いのことを深く知っていくようになる。

薄々気付いていたが、美咲の家は母子家庭であるようだ。

そしてあまり裕福ではなくて、お母さんになんとか楽になってほしいと思っているが、バイトを許してくれないことなどを教えてくれた。

そして俺のほうからは、冷めきった家庭事情や娘とあまり上手くいっていないこと。

さらにそれが美咲の同級生であることも、打ち明けた。

残念ながら、美咲と娘とはあまり接点がないようで、俺に言われるまで気付かなかったらしい。

でも、学園での素行を心配していることを伝えると、できる範囲で協力してくれると、快く約束してくれた。

「――でも、まさかそんな共通点があっただなんて……」

「俺も、初めて会って制服を見たときは驚いたからね」

こうして色々と話してお互いを知り、改めて考えると不思議な関係なのだった。

しかし、ふたりの心の距離はぐっと近づいた気がする。

多分、お願いしたらきっと、恋人の関係にだってなってくれる。

そう思うのは、冴えない中年男の勘違いではないだろう。

「……え？　このまま……ですか？」

「ああ、このままだ」

だが、俺たちの関係はこれからもあくまで『パパ活』だということを、俺から約束することにした。

それは、美咲にはお金が必要だからだ。

バイトを禁止されているが、母親のために少しでも稼ぎたいと思い、パパ活という危ない橋を渡ろうしていたのだ。

だから俺は、その体裁を取り続けることにした。

「でもそれじゃ、悪いです……」

何かと気を遣ってしまう彼女からしたら、お金を使わせてしまっていることに抵抗があるのだろう。

だが俺はきちんと言い聞かせる。

「これは譲れないよ、美咲。俺のことは気にしなくていいから、これからも俺とパパ活を続けてほしい」

「……はい……わかりました」

彼女は渋々、了解してくれた。

それからも俺たちは都合のいい時間を使って、色々な場所へ一緒に出掛けている。

お茶や食事に誘ったときは当然のように支払い、付き合ってくれた時間分のパパ活代も渡し続けていた。

美咲はやはり少し遠慮をしていたが、そういう約束なんだからと受け取らせるようにさせる。

美咲のほうでも、自分の家の状況を知った俺が、気遣ってくれているのだと思ってくれているのだろう。

きちんと毎回、『ありがとうございます』とお礼を言って、大切に受け取ってくれるようになった。


そこで終われば、きっと少しは美談だっただろう。

だが残念だが、俺も男の部分が枯れ果てていたわけじゃない。

むしろ彼女の身体を知って復活し、より力強くなっていた。

なので、もちろん欲情したときには、美咲の身体を求めた。

そんなときも彼女は一回も拒否せず、嬉しそうに受け入れてくれた。

普段のパパ活（エロくない）のときは、どちらでもよいが、パパ活（エロいこと）をしたいときは、俺のほうから声をかけるのが、半ば暗黙の了解となっていた。

そんな中――。

『母親が夜勤なので、今晩は大丈夫です。だから逢えませんか？』

そう、美咲から誘ってきてくれた。

もちろん断ることなんて考えず、即座にＯＫの返事をしていた。

「やぁ、お待たせ！」

足どりも軽く、待ち合わせ場所に行くと、美咲が先に待っていた。

「………」

だがいつもならすぐに気づいてくれる彼女が、今日は少し暗い顔をして俯《うつむ》いている。

なにか、あったのだろうか。

「美咲？　どうした？」

「……え？　あっ、俊彦さんっ⁉」

ようやく気付いた美咲は、驚いて目を丸くした。

「いつの間に来てたんですか？」

「いや、ついさっきだよ。でもどうしたんだい？　なにか問題でもあったかな？」

「い、いえ、そんなんじゃないんです。ただちょっと……昨日少し眠れなかったから……。

今日のことが楽しみすぎて♪」

ぎゅっ。

「おっと……」

いつも通り抱きついてきたときには、もうすっかり笑顔を取り戻していた。

寝不足なのだろうか？

「さあ行きましょう！　お腹が空いちゃいました♪」

「あ、ああ、そうしようか」

少し気にしつつも、今日は以前に美咲が食べてみたいと言っていた、ちょっと良い店に行くことにした。

「わあ……和風の雰囲気があって、ここも凄くいいですね。こういうところも私、初めてです♪」

「俺もあまり来ないけど、良い店だよね」

美咲は出されるものを残さず美味しそうに食べ、上機嫌だ。

「そういえば、ピーマンが入ってたけど、気付いてたかな？」

「ええっ⁉　そうなんですかっ⁉　うそ、まったく気づかなかった……」

「だと思ったよ。凄く美味しそうに食べてたからね。でもこれで苦手が克服できたんじゃないかな」

「そうだったんだ……。わからなかったけど、そうかもしれませんね♪」

かなり驚いていたが、食べられたことは自分でも純粋に嬉しかったみたいだ。

「これでまた大人になったかな？」

「ふふ、そうですね。あ、でも一回くらいじゃ、克服できたかどうかわからないから、また連れてきてくださいね♥」

「ははは、上手いおねだりの仕方だね。もちろんだよ」

「絶対ですよっ？　俊彦さん♪」

初めての高級和食店に、素直に喜んでくれている。

少し暗かった雰囲気も薄れ、もうすっかり楽しそうだ。

その後、今日はもう送ろうかと思ったが、美咲から止められてしまった。

「あの……ホテルに行きたいです……」

少し照れながら、俺の袖をきゅっと掴んで、そうおねだりしてきた。

彼女のほうからのセックスのお誘いは珍しい。

「……いいのかい？」

「はい……今日は遅くても大丈夫ですから」

「ふふ。夜遅くまで遊ぶなんて悪い子だな」

「大丈夫ですよ。だって『パパ』が一緒ですから♪」

そう言って甘える彼女を連れ、一緒にホテルへ向かった。

そこはラブホではなく、きちんとしたシティホテルだ。

「え、えっと……あの私……こんなに場所にくるとは思ってなかったんですけど……」

確かにいつもよりは、ちょっとランクを上げたホテルだった。

緊張してかしこまる美咲の手をそっと取る。

「いいんだ。今日、美咲から誘ってくれたのが嬉しかったからね」

「で、でも……」

「さあ、部屋に行く前にお茶をしよう。あまり緊張してても、楽しめないだろう？」

「え？　あ……は、はい……」

今すぐ押し倒したいという気持ちもなくはないが、本当にこうしてまた逢ってくれたことが嬉しかった。

そうしてラウンジで、ちょっと高級なお茶と軽くデザートを嗜《たしな》んだ。

そして美咲の緊張もだいぶ落ち着いたところで、そのまま上階の部屋へ。

「ちゅふぅ……んちゅっ、ちゅむぅ……♥」

部屋に入ると、美咲はすぐに抱きついて俺に小さな唇を捧げてきた。

「んっ⁉　美咲、シャワーは？」

「待てないですっ♥　ちゅむっ！　ちゅっ♥　ちゅっ♥」

歩きながらも、キスをしてくる。

「んむっ⁉　んんぅ……」

ベッドの近くまで、そのまま抱きついて俺を導いていく。

「んちゅっ、少し落ち着いて……むむっ⁉」

さっきまでの緊張の反動なのか、積極的すぎる熱烈なキスに、俺はたじたじになってしまった。

「ん～～ちゅむっ♥　れるっ、ちゅふぅ……♥」

「おぷぷっ⁉」

まるで親鳥に餌を求める小鳥のように、貪欲に、深く舌を絡めてくる。

そんなに発情していたのか……でもまあ、一通りしたらある程度は落ち着くかもしれないな。

「んちゅむっ、ちゅふぅ……んんっ♥　俊彦さんのキス……おいしっ♥」

そう思っていたが、その積極性はキスだけでは治まらなかった。

「んんっ、はあぁ……いい気分になってきちゃいました♪」

「ふふ。とてもエッチなキスだったね」

「はぁ……俊彦さんのほうは、どうですか？」

「うん？　それはもちろ……んんっ⁉」

落ち着いたかと思ったが、急にズボンの上から股間をさすってきた。

「ちょっ⁉　こ、これは……さっきの食事にお酒でも入ってたかな？」

「むぅ……別に酔ってるわけじゃないですよーだ」

唇を可愛らしく尖らせながら、その手はより大胆になってまさぐってくる。

「うっ……まあそうだよね……じゃあ、どうしたんだい？　こんな大胆にしてくる子だったかな？　美咲は」

「ん……こうしてあげたいって思っちゃうくらい、今日は嬉しかったんです♪」

「そんなに？　まあ、喜んでくれたのは嬉しいけど……」

「あっ、でも勘違いはしないでくださいね？　本当は今だって、すっごく恥ずかしいんですからね♪」

そう言って微笑む彼女は、とても楽しそうだ。

しかし、きっと普段なら、ここまでではないだろう。どうやら今日は、ちょっとおかしいくらい積極的になっているな。

「ははっ、自分で言うとまったく信憑性はないね。可愛いけど」

「あうぅ……そういうのずるいです……素に戻っちゃうじゃないですか……」

あ、ちょっと頬を赤らめた。

よかった。いつもの美咲もちゃんと残ってるみたいだ。

でも手は股間から離さないところをみると、やはりエッチな気分のほうが強くなっているのかもしれない。

「もうっ！　せっかく大人っぽく誘惑できたと思ったのに……」

「う、うん？　まあ誘惑というより、ストレートに弄っちゃってるけどね……」

「もういいんですっ！　とにかく今日は私、いつもよりエッチにしちゃいますからっ！　ん～～えいっ♥」

「えっ⁉　うわわっ⁉」

恥ずかしさを紛らわすためなのか、かなりテンションを高めにして、俺の服を脱がしてくる。

「……こうして男の人の服を脱がすのって、意外とドキドキしちゃいます」

「ちょっ、いや自分で脱げるけど……あうっ……」

「あ♪　とっても広い胸板……ふふっ、それにこっちも大きくなってました♥」

「くっ……美咲、手が……うぅぅ……」

まるで宝物でも見つけたかのように、俺の半勃ちの肉棒を擦りながら、楽しそうに微笑む。

そんなエッチになっている可愛い美咲に、俺もなにかしてあげたい。

「むむむ……それじゃあ、俺もいつも通り、美咲にエッチなこと……してやるぞっ」

「あぁっ⁉　きゃあぁっ♥」

こちらからも彼女の服を脱がしにかかる。

「あうっ、んんぅ……俊彦さん……」

改めてふたりで全裸になって向かい合うと、美咲は素直に照れた。

「うん……今日も変わらず綺麗だね」

「ううぅ……見過ぎですってば……んぅ……こっちを見られないくらい、気持ち良くしちゃいますからねっ♪」

「おおっ⁉」

「ふふ、ガチガチですね……んん、はぁ……♥」

そのまま軽く動かして、手コキを始めてきた。

その瞬間から、半勃ちが一気にフル勃起に変わる。

「くっ……美咲がそうくるなら、こっちもさせてもらおうかなっ」

「ふえぇ!? あうっ!? そんな……ああぁっ♥」

もちろん目の前の大きな胸に目は行くが、こちらがもう股間を弄られているのなら、やはり秘部への愛撫を返すのが妥当だろう。

「ふあああぁ……ああっ、くぅんっ♥」

触れた陰唇はもう熱く膨らんでいて、裂け目からは粘度の高い蜜がじんわりと染み出してきていた。

「ああ……ここまで積極的だから、もう興奮してたんだね」

「んくっ、んんぅ……お、おっぱいから触ってくれると思ったから、変にすごく感じちゃうぅ……あうっ、んくぅ……卑怯ですよ、俊彦さんぅ……」

「卑怯っていってもね……でも愛撫のことでいえば、そうかもね。美咲の敏感なところはすべて知ってるから」

濡れた蜜壺へ指を滑り込ませ、膣壁をぐるっとひと撫でする。

「ひゅあぁぁっ!? あぐぅ……指が……んっ、んあぁぁっ♥」

ビクビクと震えて、いい反応をしてくれる。

だが、目当てはそれだけじゃない。

「んくぅ……はうぅ……そんなすぐ内側を擦ったら、勝手に腰が、動いちゃう……あうっ、くうぅ……ああんっ⁉」

「あ、ここだね。美咲の弱いところだ」

「ふあぁぁんっ♥　あんっ、あぁぁ……くううぅんっ♥」

あっけなくGスポットを捉えて軽く擦ると、全身を震わせた。

「うん。よく感じてくれてる。さあ、もっとしていこうか」

「ひあぁぁんっ⁉　あんっ、ああっ、んはぁぁっ♥　そ、そこは本当に弱すぎますからぁ……んんぅっ！　こんなの絶対っ、卑怯すぎぃっ！　ああああぁっ♥」

しっかりと喜んでくれているようだ。

それはもう、俺の肉棒を擦るのも忘れるほどに。

「んんぅ……あうっ、ダメぇ……ふあぁぁんっ♥」

「ん？　駄目だったか……それならこっちはどうかな？」

「うなぁっ⁉　違っ、そういう意味じゃ……んゆっ⁉　ひゃあぁっ♥」

トントントンと、軽く指先で叩くような刺激に変える。

これには美咲も耐えきれなかった。

「はあっ、はあぁぁんっ♥　もう無理ぃ……んっ♥　んんっ♥　指だけでっ、イクイクイクううううぅぅぅぅっ♥」

あっという間に絶頂に達して、喜びの声を上げた。

「ふふ。こっちのほうでも喜んでくれてよかったよ。食事にしてもエッチにしても、美咲は本当にもてなし甲斐があるな」

「はあっ、はあっ、ううぅ……俊彦さんに私からしてあげたかったのに、逆にイかされちゃいました……んんぅ……♥」

息の上がった彼女が、悔しそうな目で訴えてくる。

しかし、それはちょっとしたフリだった。

「んぅ……でも私、まだ諦めませんよ……えいっ！」

「は？　おおっ⁉」

不意打ちのように抱きついてきた勢いで、ベッドに押し倒されてしまった。

「ふふふ……今日はどうしてもお礼がしたいんです。だからこの後は……私からしてあげますっ！」

「え？　美咲からって、まさかこのまま？」

俺の上に跨った彼女は、騎乗位の体勢を整えようとしていた。

「んぅ……あっ……」

と、そこでふと目と目が合って、顔を合わせる。

「…………」

「…………？」

急に美咲は無言のまま、固まってしまった。

そしてみるみるうちに顔を赤くして――。

「っ⁉」

クルッとその場で後ろを向く。

「……じゃ、じゃあ、お礼にいっぱいしてあげますからねー」

「いや、今なんで後ろ向いたの？」

「んっ、さあ俊彦さん。そのままでいてくださいっ！」

「え？　おふっ⁉」

俺の問いかけにまったく答えず、肉棒をしっかりと掴んでくる。

きっと、面と向かってするのが恥ずかしかったのだろう。

ここまでする時点でも、結構大胆なことをしてると思うが……。

「んんぅ……そ、それじゃ、本当にしちゃいますから……んんぅっ♥」

「あぐっ⁉　お、おおぉ……」

恥ずかしい勢いのままに、腰を浮かした美咲が膣口を亀頭へ押し当ててきた。

「んくうぅ～～んっ！　ああっ、ふはあああぁっ♥」

思いの外、スムーズに肉棒を受け入れ、あっという間にお尻を俺の股間へと密着させる。

「んんっ、んはあぁ……は、入りました♪　んんぅ……ちょっと不安でしたけど、ちゃんとできましたよっ、俊彦さん♥」

「あぅ……ああ、よくできたね」

「ふふ、少し勉強したんです♥　エッチな動画で」

「なっ⁉　そんなものを見ていたのかい？　困った女の子だな……」

「えー？　でも今どきの女子なら普通ですよ？」

「そ、そうなのか？　う、うーむ……」

確かにネット時代になって、そういうものに触れやすくなったとは聞いているが……。もしかして、娘もこっそりそういうものを見ているのかと思うと、妙に複雑な気持ちになる。

「んぅ……あんっ♥　またグンって反り返ってる……はぁ……俊彦さんのほうも気持ち良さそうですし、そろそろしっかりとお礼しちゃいますねっ♥」

「……へ？　ぬわっ⁉」

俺の微妙な気持ちとは裏腹に、絶好調の美咲が腰を浮かせてくる。

「んんぅ……ああんっ♥　はあぁ……こんな感じですよね？　動かすのは……んんっ、はあぁ……あぁんっ♥」

　勉強してきた成果なのか、肉棒に無理な力がかからないようにしながらも、上下の動きを上手くできている。

「くぅ……ああ、これはすごくいいよ」

「あはっ♪　んんぅ……よかったぁ……じゃあもっとしちゃいますよっ♥　んんっ、はっ、あぁぁっ♥」

　すぐに慣れてきた美咲は、腰の動きを加速させた。

「あふっ、ん、はぁっ、あぁ……♥」

　俺の上でテンポよく跳ねるように、気持ちいい上下運動でもてなしてくる。

「んんっ、んはぁぁんっ♥　いつもと違う感じで、中で擦れるのが、気持ちいいですっ……んっ、んはぁっ♥」

　きれいな背中に流れる黒髪。

　整ったラインはくびれから広がり、その丸みを帯びたお尻もすべすべだ。

「あぁっ♥　ん、はぁ……どう、ですか？」

「ああ、いい感じだよ。しかしよくここまで大胆に腰を動かしてくれてるね」

「そうですか？　ん、はぁっ♥　あっ、んはぁっ♥　この姿勢だからきっと、できるんだと思います……んあぁんっ♥」

正直、驚くほどよく動けていると思う。

それはきっと、予習してきたからだけじゃないだろう。

「うん……やっぱり相手を見ながらするのは、まだ恥ずかしいよね」

「はい……って、別にそういうのじゃないですからっ！　あううぅ……イジワル言う俊彦さんには、こうですよっ！　んんぅ……んんっ♥」

「くうっ⁉　締めつけが……おおっ⁉」

ぎゅっと膣圧を上げながら、美咲は腰を振りまくる。

「こ、こんなことまでできるなんて……くぅ……」

「んんっ、んあぁぁんっ♥　あっ、はあぁっ♥」

俺の上で楽しそうに、より淫らに腰を振ってくる。

「あうっ、んんぅ……こういう感じもできますよ……んっ♥　んんっ♥」

「なっ⁉　あふっ……」

そして時々、アクセントとして妖艶に腰をくねらせてくるのも、かなりいい。

「はっ、はぁぁっ♥　いっぱい動けて、気持ちいいぃ♥」

そんな巧みな腰使いに、もうそろそろ俺の限界が見てきた。

だがそこでようやく俺は、ある重大なことに気がついた。

「ん……？　ちょ、ちょっと待ってくれっ⁉」

「んんっ、んはぁんっ？　どうかしました？　んっ、んんぅ……」

肩越しにちらりと振り返った美咲が、不思議そうに聞いてくる。

「どうもこうもないよっ！　そういえば俺、ゴムを着けてないっ！」

そう……挿入したのは美咲だったから、すっかり忘れていた。

「んんっ、んああっ、そうでしたね……あんっ、んぅ……でも大丈夫です。今日は平気な日ですから♪」

「いや、でもそれはあまり当てにならないんじゃ……そんな無責任に出してしまうのはまずいよ」

だが美咲の腰の動きは止まらない。

というよりも、むしろ加速している。

「あんっ、んぅ……あまり気にしないでください……はあっ、ああん♥　実はピルを持っていたりするんです♥」

「そ、そうなのか？」

初耳だが……確かにパパ活をするくらいだから、それ相応に自分を守ることはしてるのだろう。

……でもやはりちょっと抵抗がある。

「くっ……だがやっぱり、最後は抜いて出したほうが……ぬおっ!?」

ギュッと膣口が締まり、俺の股間へお尻をより密着させてきた。

これは明らかに抜く気がないっ⁉

「んっ♥　んはぁん♥　心配しすぎですってばぁ……あっ、ああんっ♥　私が大丈夫って言ってるんですから、大丈夫なんですっ♥」

「そ、そうは言うが……あぐっ⁉」

「んあっ⁉　ふぁあぁんっ♥　あっ、もうイきそうですねぇ……んんっ、んはぁんっ♥　それじゃあ、今日の私のお礼……たっぷり受け取ってください♥　んっ、んんっ、あっ、あぁあっ♥」

「くぅ……ああ、もうっ！」

ビュルルッ、ビュー‼　ドビュッ、ドピューーーーッ‼

「ひゅあああっ♥　私もイクっ、んくううううぅぅぅっ♥」

結局、美咲の激しい腰つきに耐えられず、そのまま中にたっぷりと出してしまった。

「あふっ、ふはあぁんっ♥　熱いのがビュルビュルって、奥で噴き出てるぅっ！　あうっ、んんぅっ♥」

「ああ……すごい……」

中に出してしまったことに罪悪感を抱きながらも、久しぶりに味わう生の快感に、ものすごい幸福と開放感を味わうことができた。

「んはあぁ……逆に私のほうが、たっぷり……もらっちゃいましたぁ……♥」

まったく気にする様子のない美咲の反応を見て、俺も考えないことにした。

「ん……いいお礼だったよ、美咲……」

「んふふ……はいっ♥　ん……はぁんっ♥」

しっかりと最後まで射精を受け止めた美咲が、腰を上げて肉棒を引き抜く。

「あぁ……いっぱい出してくれましたね……♥」

ポトポトと膣口からこぼれ落ちる精液を、彼女は嬉しそうに見つめていた。


それからしばらくはふたりで並んで横になり、まったりとした時間を過ごした。

「……どうして、今日は突然誘ってきてくれたんだい？」

母親が夜勤であったとしても、彼女からセックスに誘ってくるのは久しぶりだった。

そこが最初から少し引っかかっていたので、ストレートに聞いてみた。

「……実は学校で、俊彦さんの娘さんが、自分の親について友達と話しているところに出くわしたんです……」

そう言った美咲は、また悲しそうな顔をした。

「そうか……」

「はい……」

彼女は娘がなにを言ったのかまでは言わなかったが、雰囲気からしてあまり良い内容じゃなかったんだろう。

もしかしたらそれが、父親のいない彼女の中の〝何か〟に触れたのかも知れない。

それが気になって、俺と会いたくなってくれたのだろうか。

「……ありがとう、美咲。心配してくれて……」

俺の胸に顔を埋める彼女を、強く抱きしめる。

「ん……それくらいしかできないですから……」

「それがいちばん、嬉しいんだよ。本当にいつもありがとう」

「……はい……」

そうして、お互いの鼓動が聞こえるくらいに静かな時間を、抱き合いながら過ごしたのだった。

第三章　新しい気持ち

「――久しぶりに、家族で食事でも行かないか」

休日に家で顔を合わせた妻と娘に、俺はそう提案していた。

それは妻への少しばかりの罪悪感と、美咲が気にしてくれているようなので、娘と会話をするきっかけのためだ。

「えー？　食事ってどこへ？　休みの日なんて、どこも混んでるわよ？」

妻はあまり乗り気ではないようだ。

まあその反応はわかっていたし、特に期待もしていなかった。

「はぁ？　なんで？　そんな金があるなら、直接ちょうだいよ」

娘も、行きたくないということらしい。

これも思った通りだった。

娘の態度は相変わらずで、以前と変わったところがない。

つまり美咲が気にしているようなことは、前からずっと友達と話していたのだろうし、多分これからもそのままなんだろう。

美咲から聞いた話では、娘の見た目が派手になっているのは周りの友人などの影響と、好きな男ができたのが理由のようだ。

まあそれ以外には、危険な連中に巻き込まれているようではないので、ひとまず放っておいてもいいだろう。

……正直、今の俺にとってはどうでもいいことだ。

「ねえ？　くれるの？　くれないの？」

まるで物を――いや、ＡＴＭでも見るような目で、娘はそう言ってきた。

「ああ、金のことか……」

俺は財布から万札を二枚取り出した。

「ラッキー！」

金を見た途端に笑顔を浮かべる。

パシンッ！

「痛っ⁉」

遠慮なく手を伸ばし、持っていた札を取ろうとする娘の手を叩く。

「はァ？　くれるんじゃないの？」

「……誰がやると言ったんだ？」

そう言って顔を醜く歪ませる娘を横目に、そっと近くのテーブルの上に置く。

「ふたりでなにか食べてくればいい。俺は二度とお前たちを誘わないから」

「え……？　なによ、それ……意味わからないわよ？」

「ちっ……それならさっさとくれればいいんじゃね？」

文句を言う妻と娘を残し、リビングから出る。

そして、身なりを整えて街へ出ることにした。

「ああ……いい天気になりそうだな」

気持ちのいい青空を見ながら、俺は心がとても晴れやかになった気がした。

妻と同じように、自分への態度が冷淡な娘に対して、いつまでも愛情を持って接し続けるのは難しい。

今のように、一応ではあるが家族のことを気にしているふりをしていたのは、ただの惰性だ。

それに、気を遣ってしまう美咲のためでもある。

「……美咲は今、なにをしているだろうか……」

きちんとご飯を食べているだろうか？

俺以外のパパ活で、悪い男に騙されていないだろうか？

最近は、家族よりも美咲のことを考え、心配している時間のほうが増えてきている。

彼女もまた、俺のことをただの『パパ』としてではなく、ひとりの男として頼りにしてくれて、心を開いてきてくれているのを感じている。

その根底にはきっと、本当の父親を俺に重ねている部分もあるのだろう。

だが、それ以上の信頼を向けてくれていると思う。

逢瀬を重ねることで、互いの理解も深まってきている。

父親と娘のようであり、それでいて男と女の関係でもある。

複雑で、簡単には割り切れない特殊なふたり。

しかしそれでも、お互いに惹かれ合っている。

それだけで今は十分な気がする。

「……連絡してみようか」

思い出していたら急に恋しくなってきてしまった。

家族との食事もなくなったので、さっそく誘ってみることにした。


「焼き肉のお店って、高級になるとこんなに美味しいお肉が出るんですね……はふはふっ、はぁ……舌の上で蕩けますよ～～♥」

「高級ってほどじゃないんだけどね、この店は。でも凄くいいお肉を扱ってるから美味しいんだ。俺の隠れ家的なお店かな」

「へえ……なんだかそういうのって、大人って感じですね」

「はは、昔は会社の接待で使ったりしてたからね。まあ最近は内勤が多いから来られなかったけど。久しぶりに、しかも美咲と一緒に来ることができてよかったよ。遠慮せずに食べていいから」

「はーい♪」

ややテンションが高くなりながら、焼いた肉に舌鼓を打つ。

こうして食べている顔も実に可愛い。

今日チョイスした店も、凄く喜んでくれているようだ。

「はふはふっ、ん～～～♥　おいひぃっ♥」

「………………」

ただ美咲のその表情は、なんだか少しエッチに見えた。

それはきっと、俺が欲情しているからかもしれない。だが、決してそれだけではないはずだと、心の中で弁明しておく。

「……追加で牛タンでもどうかな？」

「はいっ、お願いします♪」

なんとなくの罪悪感を、牛タンで償《つぐな》うのだった。

「――はぁ……美味しかったですね、俊彦さん♪」

「ああ、久しぶりに俺も、肉をたらふく食べたよ」

お腹の満たされた俺たちは、大満足で焼肉店から出て駅に向かって歩く。

「いつも、美味しいごちそうをありがとうございます♥」

「うん。俺のほうこそ、付き合ってくれてありがとうね」

感謝を忘れず、いつも喜んでくれる美咲。

それを見るだけで、プライスレスの幸福感を得ることができた。

彼女とはセックスをしなくても、一緒にいるだけで、心が満たされていくような気持ちになる。

「……でも本当にいいんですか？」

腕を組んだ美咲が俺の顔を覗き込んでくる。

「うん？　ああ、今日はいいんだ。悪いね」

「いいえ、でも私、俊彦さんとだったらいつでもいいですからね？」

そう言って、ちょっとがっかりした顔をしてくれる。

今日はこのまま解散するつもりだった。

急に呼び出してしまったので、食事だけでいいと俺のほうから言っておいたからだ。

色々と吹っ切れたが、今日はそんな気分じゃなかった。

……だが、その柔らかい胸を押しつけられると、ちょっと揺らいでしまう。

「えーと、ああ、そうだ。次はどこに行きたいかな？」

煩悩を振り払うように話題を変える。

「え？　うーん、そうですね……」

美咲は少し考えて、上目遣いになる。

これはまた可愛いおねだりがきそうだな。

「もしよかったら……遊園地に行きたいんですけど……」

「へえ……遊園地か……そういえばずいぶん行っていないな」

家族で行ったのはいつだったか……それすら思い出せない。

「いいよ。いつ頃に行こうか」

「それなんですけど……」

俺の返事を聞いた美咲は、まだ上目遣いのままだった。

あれ？　まだおねだりがあるのかな？

俺の予想通り、美咲のお願いには続きがあった。

だがそれは、俺の予想を超えるお願いだった。

「泊まりがけで遊びに行きたいんです。俊彦さんと……」

その遊園地は名前を聞けば、誰でも知っているような有名な場所だった。

俺も何度か来たことがある。

かなり昔の若い頃、その当時付き合っていた彼女と、初デートをしたのがここだった。

それに、幼い娘と妻を連れて来たときもあったな。

あの頃はそれなりにコミュニケーションが取れていたものだ。

そんな懐かしさを思い出せるくらいには、この遊園地には思い出がある。

「……美咲はここに来たことはあるのかな？」

チケットを買い、入園のために入口で並んでいる俺たちは、雑談で時間を潰していた。

「ええ、一度だけ。物心がつくかどうかのころに、家族できたことがあるんです。でもそれが最後でした」

「そうか……」

少し寂しげな横顔を見せた美咲が、組んでいる腕を強く抱きしめる。

「だったら今日はとことん付き合うから、思いっきり楽しもう」

「はい♪　あ、開きましたよ」

入口の門が開き、俺たちより前に並んでいる客のチケットをスタッフが確認していく。

「はい、大人2名ですね」

俺たちの番になり、素早く確認したスタッフが営業スマイルで送り出してくれる。

「それでは、お父さんと娘さんで、仲良く行ってらっしゃいませ〜〜」

「え？　ああ、行ってきます」

つい、そう言って返事をしてしまった。

だが美咲にとっては本当のお父さんではないので、ちょっと複雑な気分になっているのではないだろうか。そう思ったが。

「行ってきまーす♪」

ものすごく嬉しそうに返事をしていた。

「ふふ、『お父さんと娘さん』ですって♪　やっぱり他の人たちにはそうやって見えるんですね」

「まあ、普通に見ればそうだろうね。でも嫌じゃないかい？」

「ぜーんぜん♪　さあ、行きましょ。お父さんっ♥」

「えっ？　ああっ⁉　お、落ち着いてっ」

親子に間違われたことが逆に嬉しいみたいで、はしゃぎながら俺の手を引っ張っていく。

そうしてさっそくとばかりに、ふたりであちらこちらを回ることにした。

それはとても仲の良い父娘のように。

でも、ちょっとした瞬間に見せる顔は恋人のように。

ふたりの特殊な関係のままに、遊園地デートを楽しんでいった。

そうして遊び尽くして、あっという間に夜を迎えた。

「はあぁ……いっぱい歩いたから、お腹ペコペコです……」

「そろそろいい時間だし、食べに行こうか」

予約していた園内のレストランで食事をとる。

もちろん美咲は美味しそうに、すべて平らげてくれてご満悦だ。

その後は、この遊園地恒例の夜のパレード。

「わあぁ……これテレビで見るやつですよー……凄くきれいなんですね……」

色とりどりに染まる彼女の横顔を見て、閉園まで堪能することができた。

「とっても楽しくて、とってもとっても綺麗で、と～～ってても美味しかったです♪」

「とってもが多いね。ふふ……でも凄く喜んでくれたのは伝わってきたよ」

隣接されているホテルへ戻り、部屋に入って夜景を見ながら、軽くお茶をする。

閉園した後の、もの寂しい遊園地を上から見るのも、なんとなく味があっていい。

俺たちはそれを見ながら、しばらく心地良い静寂を楽しんだ。

「……今日はずっと、本当の父娘みたいに過ごせて、本当に幸せでした」

カップを置いた美咲が改めて俺に向き直る。

「俺も久しぶりに、娘と遊んだような気になったよ。ありがとう、美咲」

心から感謝の言葉を述べる。

そんな俺をじっと見つめたままの美咲の瞳には、艶が乗っていた。

「でも、本当の娘じゃないからこそ、できることもありますよね」

そう言って立ち上がり、俺にゆっくりと歩み寄る。

その姿はまるで女豹のようだ。

「……今晩は、たくさん甘えてもいいですか？」

「ああ。もちろんだ」

そこで雰囲気は一転し、一気に淫らな夜が訪れた。

「美咲……んっ……」

ベッドの前で、お互いに全裸になると、自然と俺たちは重なる。

「あっ、んんぅっ♥　ちゅふっ、ちゅんぅ……♥」

俺の唇に吸いつくように、美咲は口づけをしてきた。

「ちゅむっ、んちゅっ、んんぅ……俊彦さん、もっとして……♥」

「ああ、いいよ……ちゅっ……」

「ちゅふぅんっ♥　ちゅんっ、んりゅっ、ちゅぅ……♥」

甘えてくる美咲に応えるように、濃厚で蕩けるようなキスでメロメロにする。

……いや、メロメロにされたのは俺のほうだったのかもしれない。

「んっ……こっちにもキスしてあげよう……あむっ！」

「んえっ!?　はあぁぁんっ♥」

ベッドに横たえるのと一緒に、プルプルと揺れる胸にしゃぶりつく。

「んあっ、はうぅ……まさかそんなふうにおっぱい弄ってくるとは思わなかったです……あうっ、んはあぁ……でも気持ちいい……♥」

「んちゅぅ……それはよかった。んちゅっ、れるっ……」

「ふあぁ……んくっ、ふあぁんっ♥」

おじさんによる、吸ったり舐めたりをねっとりする胸への愛撫。

客観的には、あまり見られたものじゃないだろう。

彼女にも、もしかしたら気持ち悪がられるかもしれないと思ったが――。

「はうっ、んはぁ……いいですそれ……とっても気持ち良くて……くうぅんっ♥」

意外と美咲には好評だった。

「んちゅ……お？」

こうして受け入れてくれるなら、もっとしても嫌がらないだろう。

「ふふ、こっちも欲しがってるね。ちゅむるっ！」

「ふええっ⁉　きゃあぁんっ♥」

ぴんっと勃った乳首に吸いつく。

「ああ、そこも吸ったら……くうぅんっ♥」

更に気持ち良さそうにして、艶めかしく喘いだ。

「ふあっ、んんぅ……そんなに吸っちゃダメです……ひゃあぁんっ⁉　やんぅ……すぐおかしくなっちゃいますからぁ……んんっ♥」

「ん……？　でも、もっとしてほしいって言ってたじゃないか……んちゅむっ」

「ひゃうっ⁉　んはぁんっ♥　そ、それはキスのことで、乳首吸うことじゃ……んくっ、はうぅ……ああっ♥」

「んちゅっ、ふふ……これもちゃんとしたキスだよ。んちゅっ、ちゅぱっ」

「はうっ、んああぁっ♥　あうっ、ううぅ……俊彦さんが、キス魔になっちゃったぁっ♥　んくっ、ひゃううぅんっ♥」

確かに言わると、今日はなんだかキスが楽しくなってきている。

そして俺のキス欲は、ここで留《とど》まらなかった。

「んっ……さて、それじゃあ、きちんとキスをしよう」

「え？　あっ、それじゃ……ん～～っ」

美咲が瞳を閉じ、可愛らしく唇を突き出してくる。

「んぅ…………んん？」

だがすぐに唇へキスをしてこない俺を不審に思い、ちらりと目を開けた。

そのときにはもう俺は、違う場所に顔を近づけていた。

「ん？　ああ、違うよ美咲。キスは下の唇にだ……はぷっ！　ちゅむるっ！」

「ひゅあああぁっ⁉　うなっ⁉　ななっ、なあああぁんっ♥」

折角の機会なので、下の熱く濡れた唇へ熱烈なキスをして、クンニを始める。

「んちゅむっ、れるれるれるっ！」

「はうっ、んんっ、くうぅっ♥　や、やだっ、俊彦さん……はううっ、ひゃあああぁっ⁉　汚いからそんなとこ舐めちゃダメぇぇっ♥」

驚いた美咲は必死に止めようと内腿を閉じ、更に俺の頭を手で押さえてくる。

だが、それはかえって俺の嗜虐心を煽ってきた。

「んれるるるっ！」

「うなあぁっ⁉　ちょっ、ちょっと聞いてますかっ⁉　俊彦さんっ……あふっ、くうぅんっ♥」

「んちゅむっ、聞いてるよ。でもやるっ、ちゅむっ、ちるるっ！」

「ひゅああぁっ⁉　あうっ、そんなぁ……俊彦さんのわからず屋ぁっ！　ふあっ、んはああ♥」

またぐっと内腿に力がかかり、顔を左右からもちもちの肌で挟まれる。

胸で挟まれるのもいいが、これはこれで天国だ。

「んちゅるふふふ……れるれるふふちゅっ……」

「んあぁぁっ♥ やんっ、はあぁぁ……ひゃあぁんっ♥ うなぁぁっ⁉ な、舐めながら笑ってるっ⁉ んあああぁっ♥」

彼女的には抵抗があるみたいだが、身体のほうは受け入れ始めている。

「ふあっ、あぁぁんっ♥ やだ、私どうして……んあっ、んんぅっ♥」

ねっとりと絡みつくような愛液が溢れ出している。

それを舐める度に糸が引いて、口元が濡れていく。

だがそれをものともせず、美咲が抵抗しなくなるまで、しつこく舐め続けた。

「んあぁぁっ♥ はふっ、ふうっ、ふうぅ……んんぅっ♥ こんなの変態みたいでおかしいのにぃ……あっ、ああっ♥ 俊彦さんに汚いところ舐められちゃってるのにぃ……あううぅ……なんでこんなに、気持ち良くなっちゃうのぉっ⁉」

感じてしまっていることに戸惑っているみたいだ。

だが、ここまでくれば後は流れに身を任せるだろう。

「んるっ！ んれろれろ……んむるっ！」

「ひゅぐうぅんっ⁉ ふえっ⁉ 今、舌がにゅるぅってっ⁉ んあっ、あひぃんっ♥」

もっと感じてもらおうと、舌先をねじ込んで小刻みに震わせる。

「あうっ♥　んんっ♥　きゃううぅっ♥」

膣口が舌を締めつけ、熱い愛液が軽く噴き出した。

「ひゃあああっ⁉　い、嫌ぁっ⁉　これすごくてっ、ダメッ、ダメダメダメダメっ……イッックうう〜〜〜っ♥」

「んぷっ⁉　おおぉ……」

思ったよりも早く絶頂し、股間を軽く痙攣させた。

「んあっ、んはあぁっ♥　あうっ、はあっ、はあぁ……こ、こんなヘンタイなキスでぇ……いっぱいおかしくなっちゃったぁ……♥」

「ふぅ……これでまた新しい経験ができてよかったね、美咲」

「んんぅ……凄くエッチなキスでしたぁ♥　んんぅ、あふぅ……俊彦さん……もうほしいです♥」

蕩けた表情で笑みを浮かべる美咲が、脱力するように脚を開く。

その奥でぱっくりと割れた神秘の果実が、俺を妖艶に誘っていた。

「そうか……俺もだよ」

さっそくその濡れそぼった果実をいただこうと、素早く準備をしようとした。

「あ……そのまま、ほしいです……」

ゴムを取ろうとする俺の腕を美咲が掴んだ。

「え……？　平気なのか？」

「はい、大丈夫なんです。前にもちょっと言いましたが……。今は、ちゃんと低用量のピルを飲んでるんです♪」

「っ⁉」

確かそれはアフターピルとは違い、飲み続けないと効果がない。

ということは……。

「……今日のために、最初からそれを計画してたのか……」

「ふふ。そうです♥」

そう言ってイタズラな笑顔を見せる。

だが、そこまでしようとしてくれる彼女の気持ちは素直に嬉しい。

「やれやれ……エッチな子だな」

「あっ……きゃううぅんっ♥」

俺は彼女の脚を持ち、秘部がしっかりと見えるように、腰が浮くほどに大きく上げる。

「んっ、はぁ……はい……そんなエッチな私を、俊彦さんので満たしてください♥」

「ああ……たっぷりご馳走しようっ！」

「んあっ！　あくううぅ……んくうぅんっ♥」

生で伝わってくる熱い膣口に、漲る肉棒を突き入れていく。

「ふあぁぁ……あぁぁっ♥　はうぅぅ……す、すごい……いつもより凄く深く入っちゃってますぅ……んんぅっ♥」

「ああ。チンコの先が、熱いお湯の中に浸かってるような感じがするよ」

確かにいつもより彼女の体温が、より高く感じられる気がする。

多分、この体位のせいだろう。

「あふっ、んんくっ、んんぅ……ガッチリと奥にめり込んで……あふっ、んぅ……私の中をフタしちゃってるみたいです……♥」

「確かにしっかりと嵌《はま》ってるみたいだ……これはまた、気持ち良くイけそうだねっ」

「んくうぅんっ!?　うあっ、はいっ♥　ふあぁぁぁっ♥」

俺は思いっきり腰を振って、浮き上がる彼女の腰を押さえつけるように突き出した。

「あぁっ、俊彦さん、んぁ、あぁっ……♥」

彼女は脚を大きく広げられ、大事なところを完全にさらけ出して喘いでいる。

「はっ、あはっ♥　あうぅ……んはぁぁんっ♥」

肉棒を咥えこんだそのおまんこ。

俺はその蜜壺を突き、膣襞を擦りあげていく。

「んはぁっ♥　あっ、これすごいぃ……んあっ、んんぅっ♥　奥までいっぱい、こじ開けられてるぅっ♥　んはぁっ、あぁっ……♥」

今日の美咲は奥を突く度に、とてもいい嬌声をあげる。

「んあっ、はうぅ……あっ、あぁぁっ♥」

「くぅ……もうこんなに締めつけてきて、凄いな。奥のほうで感じやすくなっているみたいだね」

「んあっ、はあぁぁんっ♥　はいぃ……でも不思議ですっ、あうっ、んぅ……今までは、あんまり奥のほうは怖かったのにぃ……」

「慣れてきたからかな。今は大丈夫かい？」

「んっ、んあぁぁんっ♥　はいっ、今はすっごく、いっぱい感じるようになってますっ♥　んはっ、はうぅぅ♥」

そう言って美咲は、とても嬉しそうな顔をする。

本当に俺を信頼して、すべてをさらけ出そうとしているみたいだ。

「あぁぁんっ♥　あんっ、んんっ、私……とってもエッチになっていっちゃってるんですぅ♥」

「ふふ、そうか。素質があったのかもね。奥で感じてエッチになる素質が」

「んんっ、んはぁ……たぶんパパの教育が良かったんです……はっ、んんぅ……ものすごく気持ち良く、エッチなことを教えてくれてますからっ♥」

「くっ……そんな可愛いことを言われたら、もっと教育したくなるなっ！」

「ふあぁぁっ⁉　あひぃぃんっ♥　んあっ、あうっ、そんな激しいぃっ♥　んくっ、んあぁっ♥」

調子の上がってきた俺は、ピストンのスピードを上げる。

だが、俺よりも美咲のほうが、かなり調子が上がっていたみたいだ。

「ふあっ、んんぅ……んくっ、んあぁんっ⁉　やだっ、これ早いぃ……あうっ、ひうぅ……くうぅんっ♥」

「ん？　そんなかな？　まだ大して動いてないけど……」

「あうっ、んんぅっ！　ち、違いますぅ……んあっ、はうぅぅんっ♥　私のほうが……私のエッチなアソコがまたっ、早くイっちゃうんですぅっ♥」

「え？　くうぅっ⁉」

その瞬間、痛いくらいに膣口が締まり、膣奥がうねった。

「ひゃうっ⁉　んひゃあああぁっ♥」

「お、おお……本当だね……」

あっけなく、彼女は再び絶頂を迎え、膣内が震えた。

「んんっ、んはぁぁ♥　はあっ、はうっ、んあぁぁ……こんなになっちゃうなんてぇ……あうっ、んんぅ……さっきのペロペロで……アソコがおかしくなっちゃったのかも……♥」

まさかここまで出来あがっているとは思わなかった。

そしてものすごくエロい。

「ごめん、美咲……このまま最後まで続けるよっ！」

「んあぁっ⁉　あうっ、んあああぁんっ♥」

燃え上がる欲情のままに、絶頂に震える膣内で思いっきり突き動かしていく。

「はうっ、あうっ、んくっ、んはぁ……や、やっぱりこうきちゃうって思ってたぁ……あんっ♥」

「よくわかってるな。さすがは俺のエッチな娘だ」

「んっ、んくっ、あうっ、んはぁんっ♥」

激しく腰を打ちつける度に、大きな胸が踊るように揺れる。

パンパンと軟肉のぶつかる卑猥な音が、俺のオスの部分を刺激する。

「んあっ、あんっ、んいぃん⁉　ふあっ、ああっ、そんなぁ……ああんっ♥」

「ん？　どうした？　って……おおうっ⁉　これは……」

「はいっ♥　あっ♥　はっ、はあああぁ♥　またっ、またっ、イクううううぅぅぅうっ♥」

愛液が激しく飛び散る。

だが、もうそんなことも気にならないらしい。

「ひああっ、あきゅぅんっ♥　んあぅ、またぁっ⁉　ああああぁぁぁぁあっ♥」

それほどに激しく、俺が腰を突き出す度に、美咲は何回も達しているみたいだ。

「んっ、んくっ、ふああぁぁんっ♥　ああっ、もう止まらないですぅ……あんっ、んんぅっ♥　イクのっ、止まらないぃぃっ♥」

「ああ……これは凄すぎる……」

愛液でビショビショになり、いやらしく痙攣する膣内の快感に、俺もすぐに達しそうになる。

「んくっ、んはあぁっ♥　あうっ、んんぅっ!?　あうっ、俊彦さんの熱いのがぁ……本気でふくれて硬くなってぇ……あうっ、きゃあぁぁんっ♥」

「くぅ……そろそろラストだ。美咲っ、受け止めてくれっ！」

「はいっ、はひぃぃんっ♥　ああっ、すっごいのでとぶっ、とぶっ、とびゅうううぅぅぅっ♥」

「くおおっ！」

ドクッ、ドクンッ！　ドププッ！　ビュクビュクビュクッ!!

「うきゅううぅんっ♥　しゅごっ、イきゅうううぅぅぅぅっ♥」

彼女のお尻を押しつぶすくらいの勢いで、ガッチリと奥に肉棒を突き刺して、精液を注ぎ込む。

「ひゅああぁっ♥　あふっ、ふはあぁ……私の奥で俊彦さんがぁ……熱く広がってきゅぅ……あううぅ……♥」

何回もビクつきながら、恍惚の表情で美咲はすべての精液を受け止めてくれた。

「んんっ、んはぁ……この、中に出される感じぃ……よすぎて癖になっちゃいそうですぅ……♥」

「あ………そうか……」

俺もだよ。

とは、思っていてもさすがに言えなかった。

翌日も、帰る時間までの間、美咲とふたりで遊園地を堪能していた。

「わーーっ♥　凄いスプラッシュですねーーっ♥」

なかなかに、アグレッシブな乗り物も好きなようだ。

俺も絶叫系は好きなほうだ。

ただ、それは昔の話。

「お、おおぉ……うおぉおぉっ⁉」

さすがに若くない俺には刺激が強く、ただ唸るぐらいしかできなかった。

「あははははっ♥　すごーーいっ♥」

横で美咲が心から笑っている。

ああ……一緒に来て良かった。

美咲は母親に、学校の友達の家に泊まってくると言って、出てきたらしい。

俺のほうは出張だと、一応は書き置きをしておいた。

まあ、どうせ直接言ったとしても大した反応はしないだろう。

それでも、お互いに少し後ろめたい気持ちでここにきた。

だが、今となっては罪悪感はない。

むしろ、この笑顔を見られたなら、バレても構わない。

そう思うくらいに、俺は満足していた。

「——はぁ……」

この遊園地は海に面している。

なので最寄りの駅まで、海の景色を眺めながら歩いて行くことができた。

ホテルに預けていた荷物を受け取り、タクシーで直接帰ろうとした俺を美咲が止め、駅まで歩こうと提案してくれたおかげだ。

だが……。

「はぁぁ……」

何度目かわからないため息が、美咲の小さな唇から漏れる。

「あ〜あぁ……もう帰っちゃうんですねぇ……」

「仕方ないさ。ここは夢の国だからね。夢からは覚めるものだよ」

「むうぅ……こんな楽しい夢なら、覚めなくていいのに……」

夕日の沈む紫の海を横目で見ながら、寂しそうにつぶやいた。

彼女のその意見には賛成しかない。

家に帰っても、無色で無味な空間しかなく、妻や娘と顔を合わせるのも面倒くさい。

だが、それでもそんな日常を乗り越えられるのは、こうした美咲との素晴らしい非日常があるからこそだ。

「……また今度、一緒にここに――」

そう言いかけて、はたと気付く。

なにを言ってるんだ、俺は…………ここだけで終わってどうする。

次の言葉を待つ美咲を、俺はまっすぐに見つめる。

「……いや、ここ以外にも、もっと色々な場所に……国内だけじゃなく海外にだって、一緒に遊びに行こう！」

「あ…………はいっ！」

俺の真剣な思いを、美咲は満面の笑みで受け取ってくれた。

「じゃあ、約束です♪」

「ああ、約束だ」

彼女が差し出す細い小指を、俺の小指で絡め取る。

沈む夕日の中で交わした指切りは、とても特別なものに見えた。

そして駅につくまで、俺たちは小指を結んだままで仲良く歩いていくのだった。


その後も美咲との『パパ活』は、いつも通りに続いていった。

ふたりで都合を合わせて逢い、食事だけのときもあれば、エッチだけのときもある。

あるときは父娘っぽいことをして過ごしたり、またあるときは恋人同士のように甘い時間を過ごしたり。

娘であり恋人のような状態の彼女と、ふたりで過ごす時間が積み重なっていった。

そんな、関係を隠しながらも幸せな時間の中で、事件は起こった。

「――え？　お金を？」

美咲のほうから、久しぶりに喫茶店へ呼び出された俺は、耳を疑った。

「はい……私から払います。だからお願いします。今から一緒に来てほしいんです……」

こんなお願いをされるとは思わなかったので驚いてしまったが、美咲は真剣な顔をしている。

「……とりあえず、お金はいらないよ。美咲が困っているなら、そんなのを抜きにして協力したい」

「俊彦さん……ありがとうございます……」

感謝の言葉を口にするが、いつものような美咲らしさはなく、つらそうだ。

「それで、どこへ一緒に行ってほしいんだい？」

「それは……っ……」

あまり言いたくはないみたいだ。

美咲の中で言いたくない事情があるんだろう。

その彼女の意思は尊重したい。

「……一つ聞いておきたいんだけど、それは危ないことじゃないよね？　美咲が事件とかに巻き込まれる心配はないかな？」

「はい、ありません。そういう危険なことじゃないですから……」

「そうか……それじゃ、行こうか」

さっそく俺は立ち上がり、支払いを済ませる。

「……え？　い、いいんですか？」

「ははっ。美咲が来てほしいって言ったんだじゃないか。さあ、行こう」

「……はい。ありがとうございますっ」

ようやく笑顔を見せて、俺が伸ばした手を掴んだ。

彼女は、持っていたメモを俺に渡してくる。

そこには住所が書いてあった。

ここからは隣の県になるが、車で行けば夜までには帰って来られる距離だ。

俺はタクシー運転手に、その住所を伝えて向かってもらう。

だいぶ時間はかかったが、どうにか辿り着いたようだ。

「お客さん、ここら辺ですかねー」

「ああ、そうですか……」

そこは、どうということのない住宅街の中だった。

目的地の近くまでは行ってもらい、そこからはタクシーを降りて少し歩く。

「……メモの住所を見ると、あの家みたいだよ」

「そう……ですか……」

俺たちは並んで一軒の家に目をとめた。

そこも、普通の家族が住んでいるような家だった。

玄関先に小さな三輪車が置いてあるので、子供がいるのだろう。

「――早くハンバーグ食べたいよーっ！」

「ほらほら、ちゃんと手をつないで」

しばらく様子を見ていると、夫婦と小さな男の子の三人家族が、楽しげに笑いながら帰ってきた。

多分、買い物帰りなのだろう。荷物を持って歩く姿は、とても仲が良さそうだ。

どうやらこの三人が、この家の住人らしい。

「……っ！」

美咲がそれを見て、俺の後ろに隠れた。

「もしかして……」

そこでようやく美咲の目的と、家に入ろうとする男性の関係に気づいた。

彼の顔には、どこか彼女と似た面影があった。

きゅっ――。

後ろに隠れていた美咲が俺に抱きつく。

俺の反応を見て、気づいたことを悟ったのだろう。

「……あの人は、もう……私のお父さんじゃありませんから……」

「……どこか、落ち着ける場所に行こう」

彼女の手を取り、近くにある駅へ向かい、その途中にあったファミレスへと入った。

賑やかな声の聞こえる店内の中、美咲の周りだけは静かに凪いで……いや、重く沈んでいた。

事情は察することができるし、聞きたいことがないわけではない。だが、無理やり聞き出すような真似をするつもりもなかった。

飲み物を頼み、彼女が落ちつくまでの間、俺は何も言わずに待つことにした。

「……あの人は、私たちを置いて家を出ていったんです……」

抱えきれなくなった言葉が溢れるように、ぽつりぽつりと美咲が自分と、自分の父親のことを語りだした。

両親が離婚をした原因、それは父親の浮気だったらしい。しかし母親のほうもその頃にはもう、夫が不審な行動を取っていても気づけないくらいに、愛情が冷めてしまっていたそうだ。

なので離婚はスムーズに成立した。

そのときに父親は親権を放棄し、美咲は母親と暮らすことになったのだ。

一応、父親は養育費を支払っているようだが、全額ではないのだろう。

どうして、自分を捨てたのか。

どうして、きちんとお金を払わないのか。

色々とモヤモヤしたものを、美咲は抱えて過ごしていたらしい。

ただ、どうしてもそれを直接に確かめることができなくて、今日までできたそうだ。

「……でも俊彦さんのおかげで、過去とあの人について向き合う気持ちになれたんです。ずっと引きずっていたけれど、気持ちの整理をつけることができました」

そう言った美咲は清々しい笑顔だった。

「話しかけたりしなくて、よかったのかい？」

「ええ。もうあの人にはあの人の家庭があるみたいですし」

「そうか……」

「はぁー、ご迷惑をおかけしました。ありがとうございます」

ペコリと頭を下げる。

と同時に――。

グ～～～～ッ！

「あうっ!?」

盛大にお腹の音が鳴った。

「ふふ。お腹空いたね。ここでよければ、何か食べていこうか」

「あぅ……いただきます……」

真っ赤になった美咲は、メニュー表で顔を隠した。


「――はぁ～～♥　お腹いっぱい。ごちそうさまでした♪」

そうしてファミレスで食事を済ませ、一息つくと、すっかり美咲は元の元気を取り戻していた。

「それじゃ、そろそろ帰ろうか」

駅の近くなので、タクシー乗り場はすぐだ。今から帰れば、深夜にはならないだろう。

そう思い、歩き出そうとする俺を——。

「待ってください」

「おおっと……？」

美咲が服の端を引っ張って止める。

「母には今日、また友達の家に泊まるって言ってきてるんです」

「ええっ⁉ そんな急に……お母さん心配してるんじゃないかな？」

「実はあの人のことでちょっとあって喧嘩して……だから頭を冷やしてもらうためにも、少し距離をおいたほうがいいんです、私たち」

「そ、そうなのかい？ うーん……」

母と娘だけの関係はよくわからないが、どうやら喧嘩してどこかに泊まることというのは、多少は有るようだ。

「だから今日は俊彦さんと一緒にいたいんです。あそこでっ♪」

「え？ あそこって……」

彼女の指差した方向には、明るいネオン街があり、ひときわ目立つ建物があった。

「ふふ。ラブホですよ♥　ちょうどあって、よかったですね」

「ちょっ⁉　こらこら……」

元気にはしゃぐ美咲が、俺の手を引っ張る。

きっと人恋しいのだろう。

「……仕方ないな」

「あはっ♪　やったー♥」

そうしてふたりで部屋を決め、部屋へと向かうのだった。


扉を開けると、いかにもなピンクの壁紙に囲まれた空間が広がった。

「へぇ……写真で見るより広いんだね……」

「んふふ……俊彦さんっ♪」

「え？　おおっ⁉」

「ん～～ちゅっ♥」

ごきげんな美咲が抱きついてきた。

「んむっ⁉　んっ……」

そしてすかさず、積極的にキスをしてくる。

これはまた、エッチなスイッチが入っているのかもしれない。

「んちゅっ、ちゅふふっ♥　ちゅっ、ちゅんぅ……ちゅっ、ちゅっ♥」

やはり予想通り、鼻息を荒くして興奮した美咲は、何回もついばむようなキスをしてくる。

「んっ……んえ？　おおっ⁉　美咲⁉」

キスをしながら、俺の服のボタンに指をかけてくる。

「ふふん♪　いいですから、そのまま♥　ん……ちゅっ♥」

「うあっ⁉　くすぐったいな……おふっ！」

「んちゅっ、ちゅっ……んんっ♥」

自分で脱がした俺の身体の、首筋や胸や腹へ、たくさんのキスを浴びせてきた。

「んちゅっ、ちゅぅ……俊彦さんの身体……こうしてちゃんと感じると大きいですね……ちゅっ、んちゅっ、ちゅぷっ……」

「そ、そうかな……腹が出ちゃってて、そう見えるだけだよ」

「んふふ。でも凄く頼りがいのある、男の人のたくましい感じです……。あぁぁ……いいい……♥」

まるで甘えるように、ピッタリと身体を密着させてくる。

やはりテンションは高めだ。

ここまでしてくるのは、今日のことが原因だろう。

どうにかして彼女の傷を癒やしてあげたい。

だが、家族の件に関しては完全な部外者である俺に、できることはない気がする。

「ちゅっ、んちゅっ♥ そのままにしててください。イタズラしちゃダメですよ？」

「そのままって？ うわわっ⁉」

そう言うと、俺ごとベッドに倒れ込む。

「んっ……ちゅっ♥」

そして俺の身体にキスをしてきた。

「ふふっ、わかったよ。でもあまりくすぐったくしないでくれ……って、ははっ！ 脇腹にキスは駄目だろう？ あははっ」

美咲がやりたいように、ただ暖かく見守りながら、その気持ちを受け止めるしかできなかった。

そうしているうちに俺は全裸にされ、気付くといつの間にか美咲もなにも着ていなかった。

「ちゅっ、んちゅっ……あ～！ 俊彦さんもキスだけで、濡れちゃうんですねー♪」

美咲が楽しそうに、勃起した肉棒を掴む。

「え？　ぬおっ⁉」

それを見ると、すでにカウパーがじんわりと染み出していた。

「うっ……濡れるって……美咲みたいに言わないでくれよ」

「あーーっ！　それって私がエッチだ！　って言いたいんですか？　ひどーい！」

「え？　いやそうじゃなくて、こんなおじさんに濡れるとか似合わないって意味なんだが……」

「ふふん。まあ、その通りですから、別にいいですけど♥」

「あ、認めちゃうのか……って、ふぉうっ⁉」

「そんなエッチな女の子の私は、こうしてすぐ、俊彦さんのを弄っちゃいますよー♪　んふふっ♥」

妙に明るい美咲は、その手の中にある肉棒を上下に扱き始めた。

「んー……あっ。このヌルヌル、いい感じっ♥」

「あうっ⁉　くぅ……」

竿全体にまんべんなくカウパーを塗りたくり、滑りをよくして手コキをしていく。

「汚くないのかい？　俺のカウパーをそんな躊躇なく使って……ううっ……」

「え？　そんな訳ないじゃないですか。むしろ扱きやすくて便利だから、もっと出してください♪　ほらほらっ♥」

「あぐっ……そんなに動かさないでくれ……くうぅ……」

ここまで手慣れていただろうか？

そう思うほどに、美咲の扱き方はかなり上手い。

「んんぅ……あっ、どんどん出てくる♥　んふふ♪」

程よく絶妙な握力の強弱。

そして、巧みなスナップを利かせた扱き。

一気に俺の精液は、尿道寸前までせり上がってしまう。

「あぐっ……美咲、これはかなり良すぎる……」

「あはっ♪　凄く興奮しちゃってますね。んんぅ……ドクンドクンて力強い鼓動、手の中でいっぱい感じますよ……はぁ……」

扱きながら肉棒を観察する美咲は、なぜかうっとりとしてきた。

「はんぅ……それにめちゃくちゃゴツゴツしていて、たくましい……こんな凄いもので、いつも私の中をめちゃくちゃにしているんですね……♥」

「え？　いや、まあその……なんかごめん」

「ふふっ、別に怒ってないですよ……んんっ、あふぅ……むしろ想像しちゃって……はぁあ……本当に素敵♥　んふふ……ちゅっ♥」

「ぬあっ⁉」

亀頭の先への軽いキスだけだったが、それが決め手となった。

「ああっ⁉　美咲っ……おおっ⁉」

「あぁんっ⁉　こんなにガチガチになって……あっ、もうイきそうなんですね♪　それじゃ、遠慮なく出しちゃってくださいっ♥」

「おおっ⁉」

ビュクビュクビュルルッ！　ビューーーーッ！　ビュビューーーーッ！

「きゃあぁんっ⁉　わあぁぁっ♥　すごい勢いっ♥」

まったく留《とど》められずに、暴発した精液が宙を舞う。

「あうぅ……ごめんよ、美咲。急だったね」

「ふふ、大丈夫ですよ。こうなるかなってわかってましたし。さあ、残りもいっぱいだしちゃいましょ♥」

「え？　あふっ⁉　うっ……」

そうして美咲の手で、さらに搾り取られてしまった。

幸い、美咲の顔などを汚すことはなかったみたいだ。

だが、噴き出した精液がベッドに飛び、独特なニオイが漂う。

それが美咲をより興奮させたみたいだ。

「んはぁ……俊彦さんのニオイ♥　んんぅ……嗅ぐとお腹の奥のほうが凄く熱くなっちゃ

うぅ……♥」

そう言って気持ち良さそうに目を細める。

その視線の先は、まだ握っている射精したばかりの肉棒だった。

「んんぅ……あはっ♪　まだまだ硬いままじゃないですか……本当にゼツリンなんですからっ♥」

「い、いやそこまでじゃないはずなんだけど、くっ……美咲が放さないせいなんじゃないかなと……美咲？　聞いてるかな？」

どうやら妙にスケベなギアが上がってしまったみたいだ。

「んふふふ……♥　そうですか、まだ足りないんですねぇ……♥」

「い、言ってないけどね⁉」

俺の話が耳に入っていないかのように、とても怪しい目つきで、肉棒を見つめている。

しかも、また扱き始めてきている。

「はぁ……もう我慢できないです……俊彦さん、もうヤっちゃって、いいですよね？　はい、いいですねっ♥」

「話を勝手に作っているっ⁉　っとっ……おおっ⁉」

興奮した彼女が不意に肉棒から手を離すと、代わりに俺の脚を掴んで持ち上げた。

「なっ⁉　なにをしようと……って、この姿勢はもしかしてっ⁉」

「んふっ♪　俊彦さんは出した後だから疲れてますよね？　だから私からのほうからシてあげますから……あんっ、んんくぅぅんっ♥」

俺の腰が浮くほどに脚を上げた美咲は、俺の股間の上に座るように位置して――。

「それで、こうしてぇ……あふぅ……んぇ～～いっ♥」

「うぉぉっ⁉」

思い切りのいい動きで腰を押しつけ、肉棒をすべて受け入れる。

「あふうぅぅんっ♥　んあっ、んはぁぁ……ああんっ♥　んんぅ……入っちゃいましたねぇ……んんぅっ♥」

これは……完璧な逆正常位だ。

「はぁぁ……いつもと違うところにグンって刺さる感じ……凄くゾクゾクしますねぇ……俊彦さんのほうはきつくないですか？」

「い、いや、大丈夫だけど……でもなんでこんな体位まで知ってるんだい？」

「え？　あふっ、んはぁ……これくらい誰でも知ってますよ。はんぅ……ネットでもよく見ますし」

「またネットか……俺はあまりやらないからよくわからないが……って、いかがわしいサイトをよく知ってるね、女の子なのに」

「ふふふ♥　女子にもそういう情報網があるんですよ♪」

「そ、そうなのか……」

俺が学生の頃はまだＤＶＤで、男子の間だけで回して見ていたが……。

……いや、意外と女子の間でも、回っていたのかもしれない。

ただ、俺が知らなかっただけで。

「……おじさんの俺の考え方は古いんだな……でも変なサイトには気をつけるんだよ？　って、ここで言うことでもないんだけどさ」

「ふふ、はーい。んんぅ……でもこれからも見ちゃうかも♪　だって俊彦さんといーーっぱい、色々なことしたいですから♥」

「こらこら、まったく……困ったスケベ娘だな」

「ふふ。パパ好みでしょ？　んっ、んんぅ……ああんっ♥」

「うおっ⁉　くぅ……」

美咲が慎重に腰を動かし始めた。

「んんぅ……んはっ、はあぁ……こんな感じかな……あんっ♥　ふあぁ……」

意外にもかなりよく動けている。

これまでのときもそうだったが、こういうスケベなことを習得するのが、本当に上手いみたいだ。

「んんぅっ♥　これならもっと……んっ、んんぅ……あふっ、あぁぁんっ♥」

「おおっ⁉　これは……くうぅ……」

勢いに乗った美咲は、しっかりとした腰の動きで、いやらしく俺を責め立ててきた。

「ん、はぁっ♥　あっ、あぁ……！」

美咲が喘ぎながら腰を振っていく。

その膣襞が肉棒を擦りあげ、快感を送り込んでくる。

「あふっ、ん、はぁ……あぁっ……♥」

大きな胸が押しつけられて、気持ちがいい。

「あんっ、はぁ……俊彦さんはどうですか？　これ……あう、んはぁ……中でいっぱい押し当たってる感じですけど……あふっ、んんぅ♥」

「ああ……思った以上に凄いよ」

積極的に腰を振りながらも、きちんと俺のことを考えている。

そんな彼女に、愛しさが込み上げてくる。

「あぁ、ん、はぁっ……ガチガチの熱くて太いのが、私の中でヒクヒクって反応してます……♥　あふぅ……んくぅんっ♥」

淫らに声をあげながら、美咲は激しく腰を動かしていった。

「くぅ……しかし初めての経験だけど、この格好はなんだか恥ずかしいな……」

色々と大事な部分が丸見えなのは、心許ない感じがして不安になる。

「あはっ♥　俊彦さんの恥ずかしがる顔、カワイイーっ♥」

「いや、こんなおじさんに可愛いはないだろう……」

「えー？　そうですか？　でも私の本心ですから♪　あうっ、んはぁ……ああんっ♥　あはぁ……なんだかとってもエッチな気分になってきちゃいましたぁ……いっぱい動いちゃいますねっ♥」

「え？　まだ動けるのっ⁉　ふおおっ⁉」

　思ったよりも激しい美咲のピストンは、確実に俺の股間を熱く燃え上がらせる。

「あうっ、んはあぁんっ♥　はっ、ああぁっ♥」

「うぐっ……激しすぎだ……そんな無理に急がなくてもいいんだよ？」

「無理じゃないですよ♪　あうっ、んんぅ……気持ち良くて動いちゃうんですぅっ♥　あうっ、んはぁんっ♥」

「そ、そうか……でもそれじゃ俺のほうが……くうぅ……」

　出したばかりのはずだが、美咲のいやらしい腰つきと、射精を求める膣内の蠢きに、一気に睾丸が上がってしまう。

「はあっ、はうぅ……んくっ、んはあぁんっ♥　この新鮮な感じっ、気持ち良くてすぐイきそうぅ……んっ、んんぅっ♥」

「美咲っ……うぅ……わかるかな？　今の俺の状況……」

「んえ？　ふぁぁんっ⁉　あっ、これぇ……射精の合図の膨らみぃ♥」

やはり一番深い場所で感じる彼女には伝わったみたいだ。

「あうっ、んっ、いいですよっ……あうっ、んはぁんっ♥　私もすぐだからぁ……んっ、んぅっ♥　このままいっぱい出してっ、出してぇっ♥」

「あぐっ⁉　や、やばい……」

美咲も体勢を崩し、俺に密着してきた。精液を搾り出そうとするように、最後に向けて更に激しく腰を振る。

「んあっ、くんんっ♥　ああっ、もう少しっ、もう少しで私もぉ……あっ、いっ⁉　ふぁっ、あはあぁぁ♥」

「おおっ⁉　もう出るっ！」

ドピュピュッ！　ビュクビュクッ、ビュルルルルッ‼

「イクイクッ！　イきゅうううぅぅぅうっ♥」

しっかりと俺にくっつき、噴き出す精液をその膣奥に飲み込んでいく。

「んくっ、ふはぁぁ……この広がる感じがたまらないですぅ……♥　ああっ、んくうぅ……今日もいっぱい、もらっちゃいましたぁ♥」

「ん……こちらこそ、いっぱい気持ち良くしてもらったよ」

満足そうに瞳を閉じる美咲は、嬉しそうだった。

いつも以上に、俺を激しく求めてきた彼女。

それは俺を男とし見ているからなのか、それとも父親として頼りたい存在なのか。

多分、美咲自身にもよくわかっていないのだろう。

ただ今はぬくもりが欲しいだけで、身体を重ねることで安らぎを得ているのかも知れない。

でもそれは正直、俺でなくてもいいはずだ。

いつか俺が不要になって、同い年くらいの男と付き合うようになるかもしれない。

そうなったのなら、それは祝福すべきことなのだろう。

でももし、この関係がこのまま続くとしたら、彼女にとって良いことなんのだろうか。

……いや、彼女のためなんて関係ない。大切なのは俺がどう思うかだ。

俺と歩む道も、歩まない道も、それならそれでいいじゃないか。

「んんぅ……俊彦さん……♥」

俺の横にぴったりと寄り添い、頬をこすりつけて甘えてくる。

美咲がどのような選択をしたとしても、その想いを受け止めていくつもりでいた。

第四章　大切な人だから

仲が深まることで、前よりも親しげになってきた。

『大変ですっ、俊彦さんっ！』

『え？　どうしたの？』

『どうしましょう……俊彦さん成分がなくなってますっ！　至急、補給が必要です♥』

『……それ、なにか食べたいものがあるんでしょ？』

『あはっ♪　バレちゃいましたか♪』

そんな砕けたメッセージのやり取りをするようにもなってきた。

そして逢うと年相応な、いたずらっぽい行動もとるようになって、より親しみやすく接してくれるようになった。

かなり心を許してくれているのだろう。

そう思うと、とても嬉しかった。

それに比例して、可愛さと愛おしさも増していく。

甘えられるだけでなく、俺のほうからも甘やかす機会が増えた。

休みの日になると遊園地以外にも、約束通りに様々な場所に連れて行くようになった。

そこはかつて、娘を連れていっていた場所であることも多い。

だが、もう罪悪感は微塵も感じなかった。

「次はどこへ行きましょうか？」

「どこでもいいよ。美咲となら」

出かけるたびに仲良くなり、身体を重ねるごとに心も近づく。

そんな甘い関係が、このままずっと続くように思えた。


『——次は、一緒に映画が観たいです』

そんなメッセージを受け取り、俺もすぐに賛成した。

その後、どんな映画が観たいのかという話から、俺が薦めた昔の映画や、美咲が観たという新作の話で盛り上がり、デートの日を決めた。

そして当日。

今日は美咲が午前中に用事があるようなので、午後に待ち合わせることになった。

そして約束の場所へと着いたのだが……。

「んで？　どこ行く？　行くっしょ？　行くよね？」

「行っちゃおうよー。俺たちマジイイとこ知ってるし」

「……人を待ってるので」

チャラチャラした格好の男がふたり、制服姿の美咲に声をかけていた。

どうやらナンパらしい。

「待ってるって誰？　え？　いないよ？　今いるのは、俺たちだけだからっ」

「あ、お待たせー。ほら、俺のこと待ってたんだろ？」

「……あなたなわけないでしょ。邪魔だからどこか行ってください」

「えー？　じゃあ、どっか行くわー。だから一緒に行こうぜ！」

ものすごく脈がなさそうなのに、かなりあきらめが悪いみたいだ。

早く助けに行かないと……。

「…………」

そう思ったが、ふと足を止める。

……もしかしたら、これが美咲にとっては良い出会いになるかも知れない。

彼女はまだ若い。

だから視野を広げて、色々と見てもらいたい。

そのきっかけや出会いを、俺が妨げているという部分もあるだろう。

……まあ正直、このまま俺との関係は続けてほしいという気持ちはあるが……。

あまり乗り気ではないが、少し様子を見てみることにした。

「つーかさ、もう来ないんじゃね？　そいつ」

「来ますから。もうあっちに行ってください」

「だから待ってたのは俺じゃん？　ねえ？　運命の人待ってたんでしょ？　オレだよオレオレっ」

「しつこいんですけどっ！」

思いっきり美咲が嫌がっている。

どうやら彼女の趣味じゃないらしい。

そこは俺もホッとした。

こんなチャラい男についていくような女の子ではないと信じていたので、その反応には納得だ。

「もう諦めようぜ。こないやつ待ってるより、俺たちと遊んだほうが楽しいからさー」

「ここじゃないとこで楽しませてやるからさ。マジすっごいから。俺、女を後悔させたことない男で有名だけど、知らない？」

「いい加減にしてっ！」

……っと、これはダメそうだ。

もう見てないで、さっさと追っ払ってしまおう。

「あー、君たち？」

「あァ？　なんだおっさん」

ひとりはよく聞く、典型的な常套句で牽制してくる。

「いや、ほんとチョットだけだから。マジでイかせる自信あるから」

もうひとりのほうは眼中にないといった態度で、まだ美咲に話し掛けていた。

まあ、可愛いからナンパしたいというのはわかる。だがそれでも、美咲にこいつらは似合わないだろう。

そんな奴らでも、さすがにこの言葉を出せば気が変わるだろう。

「俺の娘に、なにか用なのか？」

その言葉を聞いて、ふたりの目が渋い顔をして俺を見る。

「話なら俺が聞こうか？」

「……ちっ、親が出てきちゃったよ……」

「あーあ、そりゃ駄目だ。てったーい」

間の抜けた声と、妙にイラつく目でガンを飛ばしながら、男たちはどこかへと逃げていった。

……ふう、少しは常識のある奴らでよかった。ごねられて騒ぎになると、俺たちもちょっっと困ってしまうところだった。

「……ありがとうございます♪」

美咲はホッとした顔をして、俺の手を握ってきた。

その手はとても冷たくなっている。

平気そうに見えたが、意外と怖かったのかも知れない。

「……遅れてごめん」

すぐに出て行かなかったことを後悔しながら、彼女の手を包み込み温める。

「ううん、いいんです……だって俊彦さんのかっこいいところを見られましたから♪」

「あれはかっこよかったかな……まあとりあえず、チケットを買いに行こう」

「はい♪」

すっかり落ち着いた美咲は、いつもの調子で腕を組んできた。

休日ということもあり、思ったより人が多い。

チケットを買うまで、少し並ぶことになった。

「ふふ……んふふ……♪」

その間、なぜか美咲は楽しげだった。

「うん？　どうかしたの？　もしかして、そんなに楽しみにしてたのかい？」

「それもありますけど、さっきのことですよ」

「ああ、あのナンパのことか……」

でも特に、そこまで笑えることはなかった気がするが……。

「ふふ……『俺の娘』なんですね」

「え？　ああ、そのことか。まあ、あのときはそう言うしかなかったからね」

「でも、『俺の女』でも良かったんじゃないですか？」

「俺がそんなことを言っても説得力はないよ」

逆にそんなことを言えば、妙に勘ぐられて面倒くさいことになりそうだ。

「えー？　そうですか？　年の差カップルなんて、今どきいっぱいいますけど？」

「まあ、そうかもしれないけどね。まだまだ一般的には難しいよ」

特にこれだけ年が離れていると、基本アウトだ。

それに俺たちを繋げたのは『パパ活』であって、決して胸を張って自慢できるようなものじゃない。

ただ、そういうことを忘れてしまうくらいに、お互いを思い合っているということはよくわかっていた。

「ふふっ、じゃあ……今日はずっと『お父さん♪』って呼びますね」

「え？　ま、まいったな……」

どうやら、その呼び方が気に入ってしまったらしい。

「――はぁ……結構泣けたね。お父さん、最後泣いてたでしょ？」

「え？　ば、バレてたのか……」

「ふふ、しっかり見えてたよー♪　それをバラされたくなければ、美味しいものを食べさせて♪」

映画が終わった後の食事のときも。

「あともうちょっと右、右だよ、お父さん！」

「え？　こ、こうかな……」

「そうそう！　あともう少し、がんばってお父さんっ…………あ～～、ざんね～ん」

「くっ……まったく取れる気がしないな……」

ゲームセンターでクレーンゲームをしたときも。

美咲はお父さんと俺を呼び続けた。

ただ、そう呼びたいだけというような気もしたが、特に悪い気はしない。

実の娘から呼ばれることがなくなった今となっては、懐かしささえ覚える。

そしてその『ごっこ』遊びが、逆により親密でフランクな関係を深めていくきっかけになった。

「あははっ♪　面白かったね、お父さん♪」

その後も、数種類のゲームを一緒に楽しみ、満足して店を出た。

「ああ、ゲームはあまりやらなかったけど、面白かったよ」

歩きながらあれこれと話をする。

そのときもずっと『お父さん』と『娘』だ。

きっと傍から見ると、仲の良い親子にしか見えないだろう。

「でもあの格闘ゲームは卑怯じゃないか？」

「え～？　なんで？」

「だって負けそうになったら、胸を押し当ててきただろう？」

そう。彼女は卑怯にも、俺が必殺技を出そうとする瞬間を狙って、大きな膨らみで腕を押してきたのだ。

それには俺もうまく反応できなかった。

「う～ん、そうだったかな～？　熱中してたから、たまたま当たっただけだよー♪」

そう言ってイタズラな笑顔でおかしそうに笑う。

こんなに生き生きとした美咲を見ると、こちらも楽しくなってきてしまう。

段々と、俺もその遊びが楽しくなってきた。

「やれやれ、ウソをつくのは良くないぞ？　まったく……そんな色仕掛けを使うような娘にした覚えはないんだけどな」

「あれ～？　それ、お父さんもウソつきなんだけどー？」

「うっ……大人はいいんだよ」

「あーっ！　ずる〜〜いっ！　あはははははっ♪」

いつの間にか、美咲のお父さん役になりきるようになっていた。

「さて、そろそろ帰る時間だけど……」

「それじゃあ、最後にあそこ行きたいなっ♪」

指差した場所は、やはりラブホテルだ。

「……いいのかい？　お父さんと一緒で」

「ふふ、お父さんと一緒がいいの♥」

そして〆のホテルでも、そのプレイは続くのだった。


「──お父さん、チューして♥」

「おっと……」

部屋に入るとすぐに、俺の首に腕を回して甘えてきた。

どうやら、本当にこの呼び名のままでしたいらしい。

「……まったく困った娘だな。こんな大きくなっても、まだお父さんのキスが欲しいのかい？」

「むぅ……だってお父さんのチューは気持ちいいし、私には特別なんだもん」

彼女が見つめる潤ませた瞳が、俺を映す。

「ねえ？　してくれないの？」

その顔はなんだがすぐにも泣き出しそうだ。

「……そんな悲しい顔をしないでくれ。しないなんて言ってないだろう？」

「だって、すぐしてくれないんだもん……お父さんのバカ」

「こらこら。口が悪い娘にはしてあげないぞ？」

「ああっ⁉　ごめんなさい、もう言わないから、チューお願いっ♥　ちゅー……♥」

可愛らしく唇を突き出して催促してくる。

こんなものを見せられたら、自然と俺の胸もうずいてしまう。

「ふふ、いつまでも甘えん坊の娘だな……んーっちゅっ！」

「んぬうぅんっ♥　ちゅっ、うんっ♪　ちゅはっ、んちゅぅ……んんぅっ♥」

まるで水を得た魚のように、俺の唇に吸いついてきた。

それだけ今の彼女には、愛情とスキンシップが必要なんだろう。

「ちゅふっ、んっ……あぁ……美咲のこの大きな胸は、相変わらず美味しそうだなっ！

あーん、はむっ！」

「きゃあぁんっ⁉　ちょっと、もうそれ……んあぁぁんっ♥」

歪んでいると思いながらも、俺は美咲の胸を揉みしだき、乳首に吸いついて転がして、愛情を注ぐ。

「あんつ、ちゅぷっ、んちゅむ……よくここまでエッチに育って……美咲は自慢の娘だなっ……ちゅむっ！」

「ひゅああぁっ♥　あうっ、んくぅ……ふあぁんっ♥　お父さんっ、音を立てて吸い過ぎだからぁ……くうぅぅんっ♥」

美咲もこうして、俺が彼女のために歪ませた愛情をきちんと理解しながら、気持ち良く受け取っているようだ。

「んはっ、はぁ……お父さん、赤ちゃんみたいだよ？　んんぅ……」

「ちゅぷっ、んっ……今まで教えてなかったが、よく覚えておくんだ」

「んんぅ……え？　なあに？　あううぅ……」

「大抵の男はいつまで経ってもおっぱいを赤ん坊のように求める。これはテストに出るから覚えておくんだ……あんむっ！」

「あんうぅんっ♥　ふあっ、ああぁ……それ、本当？　んっ、んはぁ……」

「ちゅふっ、んっ……ああ、本当さ。今度調べてみるといい。だが簡単には、俺がそれを許さないけどな」

「なにそれ……ふふふ♪　お父さん、厳しすぎるよ♥　あああぁん♥」

ちょっとだけ本心を混ぜつつ、変な釘も刺しながら彼女の敏感な乳首を舐め回した。

だが、それだけではやはり美咲は足りない。

「ちゅふ……もちろん、男が求めるのは胸だけじゃないけどな」

「んくっ、はんぅ……え？　それって、もしかして……きゃいいぃんっ!?　あうっ、くぅぅんっ♥」

美咲相手にはゴールドフィンガーになりつつある利き腕の指で、熱くぬめった秘部を撫で回して、責め続ける。

「はあっ、はあっ、あくぅぅんっ♥　お、お父さんの手……んくっ、ふあぁんっ♥　いやらしすぎるよ……あうっ、はあぁ……娘相手に、そんなに興奮しちゃってるの？　ふふっ♥　んはぁ……あぁぁんっ♥」

「ああ。俺と似て、スケベな娘だからね」

「あー！　そんなこと言ってるけど、誰にそうされたのかな～～？　んんぅ……はあっ、あぁんっ♥」

「はは。じゃあお父さんの教育が良かったんだな」

「んくっ、ああんっ♥　指が中にぃ……んっ、ああんっ♥」

すでにぱっくりと割れた裂け目へ指を押し込んで膣内を軽くかき回す。

「あうっ、ふはぁ……グリグリされると、一気に熱くなっちゃうぅ……はうっ、んんぅ……

ああんっ♥」

「ああ……さすがスケベだからよく濡れるね」

十分に濡れてほぐれ、準備は整っているようだ。

「はうっ、んくうぅ……あうっ、すぐ弱いとこ触ろうとしてくるし……やぁん♥　お父さん弄りすぎぃ……娘に干渉しすぎだよっ♥」

そんなことを言って、ぷいっと身体ごと後ろを向いて、へそを曲げてしまった。

「うっ………もしかして反抗期かな？」

「ふふふ……しーらないっ♪」

クスクスと笑い、肩越しに楽しそうな目を見せてちらっと舌を出す。

くっ……こんな娘がいたら、間違いを起こしても仕方ない！

「これはよくないな……うん、よくないぞ、美咲」

もう興奮して我慢できない。

「ということで、お仕置きしないとなっ！」

後ろからスカートを捲り、ショーツの股間を乱暴にずらす。

「きゃーーっ♥　お父さんのエッチ～～っ♥」

そしてそのまま勃起した肉棒を、すでにヒクついた蜜壺へ突き入れた。

「ふあぁぁんっ⁉　きゃううううぅんっ♥」

根本までねじ込むと、すぐに膣口がきつく締めつけてきた。

「んんっ⁉　おお……」

膣奥がかなり熱く、亀頭をねっとりと包み込んでくる密着感がいつもと違う気がした。

「あふっ、んくぅ……なんだかいつもより、すごく奥に入ってきてるみたい……お父さん、娘に興奮しすぎぃ……んんっ、はぁぁ……♥」

「それはそうだよ。こんな可愛い娘とセックスしてるんだからねっ！」

「きゃうっ⁉　ひゃあぁぁんっ♥　あっ、あうっ、最初からは激しっ……んくっ、ふあぁぁんっ♥」

いつより欲しがる膣内の感覚に、たまらず腰が最初からトップスピードで動いてしまった。

「んはぁっ♥　あ、ん、お父さん、ん、あぅっ♥」

美咲は嬌声をあげながら、お父さん、と口にする。

その言葉は背徳感を呼び起こし、同時に興奮を湧き上がらせていった。

「あぁっ♥　ん、はぁ、そんなに、んぁっ、激しく突いちゃだめぇっ♥」

最初の頃に感じた、娘の同級生を抱いていることへの背徳感。

慣れ親しみ、彼女個人に惹かれていく内に薄れていたそれが、大きくゆさぶられる。

「お父さんっ♥　んはぁ、ああっ！　気持ちよすぎて、あぅっ♥」

美咲の声に、興奮は高まる一方だった。

俺はさらに激しく、腰を振っていく。

「はっ、はぁぁ……ひゅぁあぁぁっ⁉」

グニッ！

「くっ⁉ え……？」

亀頭の先が、ひときわ熱い塊を押していた。

「んやぁんっ⁉ な、なにこれぇ……あぐぅ……お腹の奥っ、お父さんの先っぽで押されちゃったんだけど……」

「もしかして、これが子宮口かな？」

「んんぅ？ んんぅ……それじゃあ、ここが私の大事な……んんぅ……赤ちゃんのお部屋の入り口なんだ……んんぅ……」

「……実際にこうして、意識的に当てるのは初めてかなっ」

「ひゃぐぅぅんっ⁉ んえっ⁉ お父さんそこ……あぁぁっ♥」

好奇心と快感にあらがえず、腰を振り続ける。

「しゅごぉっ♥ きゃうっ、ふぁあぁっ♥ の、ノックしすぎぃ……赤ちゃんの部屋、叩いちゃ、やあぁぁんっ♥」

子宮口に当たる度に、美咲は全身をビクつかせる。

かなり敏感に感じているみたいだ。

「あんっ、あぁぁんっ！　こんなに気持ち良くなっちゃうなんてぇ……あっ、あぁんっ♥　なんでぇ……こんなの知らないよっ、お父さぁんっ♥」

「ああ、俺も初めてこんなに突くかも。でも美咲もちゃんと感じられて、偉いぞっ」

「ひぃぃんっ⁉　きゃうっ、まだ押して……んあぁぁっ♥」

落ち込んできた子宮口を、元の位置に戻すくらいの勢いで、漲らせた亀頭の先で小突きまくる。

「あふっ、ふんぅっ♥　ああ、褒められちゃったぁ……エッチに感じちゃう娘になって、私、幸せぇっ♥」

だだ漏れになる愛液を撒き散らすように、激しく美咲のお尻に打ちつける。

「あうっ、ふあぁ……あっ、きゃあぁんっ♥」

「とても気持ち良さそうだな……ん？　ずいぶんと揺れてるじゃないか。あまり揺らすと色々とよくないと聞くし、お父さんが持っていてあげようっ」

「ひゃあぁんっ⁉　おっぱいも一緒には、ダメっ……きゃぁんっ♥」

後ろからでもわかるくらいに、ブラからブルブルとはみ出て揺れる大きな胸を、鷲掴みにして揉みしだく。

相変わらずの弾力と安心する重量感に、手も腰も止まらない。

「ああ、イクのぉ……もうこれっ、飛んで真っ白になっちゃううぅっ！」

子宮口と胸の快感で、先に美咲が耐えきれなくなったようだ。

「んはあぁっ⁉　イクっ、うあああぁぁぁっ♥」

感じまくっていた美咲が、絶頂して身体を震わせる。

「ひゃぐっ、んあああぁんっ♥　ああっ、あはあぁ……やっぱり両方はぁ……んんっ、んはあぁ……効きすぎるよぉ、お父さんぅ……ああんっ♥」

「そうみたいだね。くっ⁉」

その絶頂で子宮口がさらに落ち込んで、亀頭に吸いついてきた。

「んはっ、ひゃうっ⁉　んくっ、んんぅっ♥　勝手に赤ちゃんの部屋がっ、きゅ〜〜って動いて、切なくなるぅ……ああんっ♥」

「おおっ……これはたまらないっ！」

「んはあぁんっ♥　あひっ、ひうっ、はあぁぁんっ♥」

人生初の感覚に、痛いくらいの射精感がせり上がって、爆発しそうになる。

「あぐっ……そろそろお父さんも限界だ。準備はいいかな？」

「はいっ、お父さんぅ……あっ、ああぁんっ♥　もう準備できてるのぉ……んっ、んくぅんっ♥　そのパチュパチュ叩いてる赤ちゃんの部屋にぃ……いっぱい精液っ、ちょうだいいぃっ♥　そこに欲しいのぉ♥」

絶頂で震えるお尻を更に突き出して、射精を催促してきた。

「あひっ、ふあああぁっ♥　あうっ、くうぅんっ♥　またイクっ、イクっ、真っ白にぃ……ああっ、んはあぁっ♥」

「くっ！」

ドクドクドピュピュッ！　ビュクッ、ビューーッ！　ドピューーーーッ!!

「んはぁあああぁっ♥　おとぉさあああああぁぁぁぁぁんっ♥」

背中をのけぞらせ、絶頂しながら叫ぶ。

「んぐうぅんっ!?　うあっ、また勝手に奥が動いて……ふあっ、あはあぁっ♥　気持ち良しゅぎぃいいいいぃっ♥」

「なっ!?　あぐっ……奥のほうでも搾り取られてる……くうぅ……」

何度も絶頂する美咲の熱い子宮口が、亀頭にかぶさるようにして覆《おお》い、余すことなく精液を吸い込んでいく。

「んんんんぅっ！　んはっ、はひゅっ、んはあぁっ！　んあっ、はあっ、はふうぅ……もうぅ……らめぇ……♥　あうぅ……」

俺の全てを受け入れた美咲は、快楽に耐えきれずに、ベッドの上に身体を投げ出した。

「んんっ、んはぁ……こんな凄いの知っちゃったらぁ……もう戻れないですよぉ……はんっ……おとぉさん……♥」

「ああ……俺もだよ。美咲」

子宮口の熱い吸いつきで満たされた俺は、もうその呼び名を否定する気がなくなっていた。


今日のデートは、美咲からの提案だった。

学校の友達から聞いたという、少しだけ背伸びをした感じのカフェに行きたいと言うので、連れて行ってもらった。

「え？　こ、ここなのかい？」

「はい、そうですよ」

当然といった様子で店員に人数を伝える美咲だったが、俺は入った瞬間に目を丸くしてしまった。

外装はシンプルで、一見すると普通の店だった。

だが、中に入ると内装がかなり豪華に見えた。

壁はシックで高級感のあるヨーロッパ風。

それに合わせてインテリアもオシャレで格調高い物が多い。

そして照明にも、こだわりが見える。

照明器具はランプをモチーフにしたものが多く、間接照明と暖色系の電球色を多用して、高級感を演出していた。

そして床が板ではなくカーペット。

しかも安っぽいペラペラのものではなく、毛足のあるきちんとしたもので、足音が吸収されていくのがわかる。

正装で来ないといけないのではないか、と思わせるほどの内装に驚いた。

しかも、その高級感の溢れる店に、美咲くらいの若い子が多く入っているというのも、驚愕だった。

「すごいな……学校の友達は、いつもこんなところに来るのかい？」

店員に案内された席に座ると、思わずそう聞いていた。

「いつもじゃないみたいですよ。わぁ……でもやっぱり雰囲気がいいですね。カフェというより、ちょっとした個室のあるレストランみたいです」

「なるほど、確かに……」

各テーブルの間は、背の低いちょっとしたパーティションのようなもので仕切られていて、座っていれば周りからは見えにくいようになっている。

メニューを見てみると、値段もカフェというよりはレストランに近い金額で、学生同士で来るには、少し背伸びしたお店なのだろう。

「こんなところに若い子たちだけで、こんなに来るとは……え？　もしかしてここにいる子、全員がパパ活をして……」

「そんな訳ないじゃないですか。そういうふうに見るのは失礼ですよ？」

「だ、だよね……なんかごめん……」

冷静に否定する美咲に、年甲斐もなく色眼鏡で見てしまった自分が恥ずかしくなってしまった。

「実はここの人気商品は、パンケーキなんです♪」

そう言って、メニューの後ろのほうに載っている写真を見せてくる。

確かに他の料理は高いが、この値段のパンケーキだけなら比較的安い。

それにボリュームもあって、飾りつけも綺麗だ。

いわゆる『映える』スイーツというところだろう。

「そうか。だからこんなに若い女の子がいるのか……」

「しかもまだＴＶとかで紹介されてないですから、並ぶほど混んでないですし。この機会を逃したらきっと、しばらくは入れなくなりますよ」

「ははっ、そうか。だから早く来たかったんだね」

色々と納得した。

だが、それで逆に心配なことが出てきた。

「でも大丈夫かな？」

「え？　なにがですか？」

「いや、これだけ女の子がいるとなると、美咲の友達に会う確率も高くなるんじゃないかと思ってね」

「それは大丈夫ですよ。座っていれば隣に誰がいるのかわかりませんから」

「うん？　そうなんだけどね……」

確かにちょうどいい位置に仕切りがあるので、目隠しにはなっている。

だが近くにまで歩いていけば、簡単にその席に座っている客の顔を、しっかりと見ることはできる。

しかも俺たちは、おじさんと女子学生という組み合わせだ。

珍しい組み合わせに、注目する子もいるかも知れない。

美咲もそれについては、わかっているはずだろう。

「そこまで心配しても仕方ないですよ。逆にソワソワしてるほうが、色々と目立っちゃいますから」

「た、確かにそうか……」

なかなか肝の据わった答えに、なんだか美咲のほうが頼もしく思えた。

「まあ、出入りするときに見られるかも知れませんけど、安心してください。そのときはちゃんとパパって呼びますから♥」

「……それは一番誤解を招く言い方だと思うけどね……まあ、実際に誤解じゃないんだけど……」

とにかく、もう店に入ってしまったのだから諦めよう。

「……それじゃあとりあえず、そのパンケーキをいただくとしよう」

「はいっ♪　ドリンクとセットにするとお得ですけど、どうしますか？」

「うーん、そうだな……」

見つかったらそのときはそのときで、『お父さん』を演じることに決め、メニューを改めて見直したのだった。

「──うん♪　噂通り、すっごく美味しかったです」

「ああ。このパンケーキは俺でも食べやすかったよ」

甘すぎない上品な甘さとふわふわの焼き加減は、スイーツが苦手な人でも食べられるだろう。

それにこのコーヒーもかなり美味しい。

豆や焙煎など詳しいことは俺もわからないが、鼻を抜ける芳醇な香りと全体的に引き締まった苦味と酸味が、パンケーキにはよく合った。

それに紅茶もよい茶葉を使っているようだ。

香り高いものを使用しているようで、美咲の飲んでいるものがこちらにまで伝わってくるようだった。

このレベルを学生でも手の届きやすい価格で提供しているとは……オーナーはきっと良い人に違いない。

いや、もしかしたら学生相手の宣伝を兼ねていて、今度はその親と一緒に食事をさせようとする戦略の可能性もある。

オーナー……恐るべし……。

「どうかしました？　なんだか妙に真剣な顔をしてましたけど」

「うん？　いや、なんでもないよ」

勝手にオーナーを、素人分析して盛り上がってしまった。

落ち着くためにコーヒーをすする。

「——ぎゃははっ！　つかマ？　それヤバくない？　あははっ！」

すぐ近くのテーブルから、場の雰囲気にそぐわない下品な笑い声が聞こえた。

まあ若い女子学生の多く来る場所だから、それなりに話に花が咲いて、つい大きな声になってしまうことはあるだろう。

だが、さすがに店の雰囲気をぶち壊すくらいの音量で話すのはいただけない。

「まったく……親の顔が見てみた…………い？」

まだ聞こえてくる話し声を聞いていると、妙に聞き覚えのある声に思えて、ドキリとする。

いや、そんなはずはないだろう。

まさかそんな偶然があるわけがない。

そんな根拠のない思いを胸にしつつも、動けずに固まってしまった。

「バカうまっ！　ちょっ、これやばたんなんだけどぉー♪」

その娘に似た声は、どうやら俺の後ろ側の、数席離れた位置から聞こえるようだ。

でもそれは声だけだ。似たような声の子はいくらでもいる。

きちんと確認したいが、もし仮に娘だった場合を考えると、簡単に振り向くわけにもいかない。

となると、もう一つの手段を取るしかないが……。

「えーーと……美咲？」

目の前に座っている美咲は、なぜかすまし顔で紅茶をすすっていた。

人をよく見ている彼女が、今のこの俺の状況をわからないわけがない。

となると……。

「うっ……もしかして本当に……？」

「……はぁ……気付いちゃいましたか……」

美咲はつまらなそうな顔をして、カップをソーサーに置いた。

「そうです。俊彦さんの娘さんが来ちゃってますよ。すぐそこに座ってるみたいです」

「な、なんてことだ……」

大人気なくうろたえてしまい、いつの間にか、背中に妙な汗をかいていた。

しかし美咲は落ち着き払って、再び紅茶を優雅にすすっていた。

「い、いつから気付いてたんだい？」

「パンケーキを食べ終わったあたりです。ちょうど席に座るところが見えたので、あーあと思ったんですけどね」

「じゃあ、なんで何も言わなかったの!?」

「むぅ……知りませんっ」

「えぇぇっ!?」

つーんといった仕草でそっぽを向き、紅茶をすすり続ける。

なぜか急に機嫌を悪くしてしまった。

しかし、この美咲との逢瀬を娘に、しかも直接見つかるのは、さすがにまずい。

俺の家庭が壊れるのはどうでもいいが、美咲に妙な噂が立ってしまうのは絶対に避けなければならない。

どうする？　ここからすぐ出るか？

でも、出る途中で見つかる確率は高い。

美咲から娘の席が見えるということは、あちらからも俺が見えるということだ。

今はパーティションで隠れているが、男の俺が立ち上がれば目立って気付く。

となると、どこかに隠れるべきだろうか？

とは言っても身体の大きな俺が隠れられる場所なんて限られている。

「んふふ……困っている俊彦さんも可愛いですね♪」

焦ってる俺を見て、美咲はイジワルな笑顔でニコニコと楽しそうに見つめてくる。

「ちょっ⁉ この状況は美咲にもよくないんだよ？ そんな落ち着いて、心配じゃないの？」

「えー？ 別に私はバレてもいいかなーって思ってますしー」

初めて聞いた美咲の本音に、違う意味でどきりとする。

「そ、そうなのか？」

「うーん……どうですかねー？ ふふふ♪」

「あ、あのねぇ……」

どうやらまだご機嫌が斜めらしい。

からかうように意地の悪い答えを、わざとしているようだ。

しかし、ここまでイジワルなのは珍しいな……。

くっ……いったい、どうすれば……。

前門の虎、後門の狼。

まさに窮地に陥った俺は、頭を抱える。

「……はぁ……仕方ないですね……」

そんな俺を見て、美咲が折れて機嫌を直してくれたようだ。

「あんまりイジメても可愛そうですし。見つからないように協力しますよ」

「ああ、助かるよ……」

これで最悪の状況は回避できそうだ。

しかし、どうすればいいだろう……。

「……私が隠れていましょうか？」

「そ、それだっ」

美咲の提案に乗っかることにした。

「ご、ごめん美咲。しばらく、そうしてもらえると助かるよ」

「うーん……でもどこに隠れましょうか？」

「そうだな……トイレとか……あ、隣の席に移ってもらうのはどうだろう？」

「でも立ち上がると娘さんに、見られるかもしれないですよ？　そうなると、もしかしたら話しかけられるかも知れないですね」

「う、うん？　でも、あまり顔見知りではないんじゃなかったかな？」

「後は隠れるとしたら、テーブルの下くらいしかないですねー」

「え？　テーブル？　ちょっ、え？　俺の話、聞いてる？」

どうやら、完全には機嫌を直してくれたわけじゃないらしい。

また楽しそうに、イジワルな笑みを浮かべた。

「うん。じゃあ仕方ないので、テーブルの下に隠れまーーすっ♪」

「なっ⁉　まっ……えぇぇ……」

俺の静止を無視して、するりと音もなくテーブルの下に潜り込んだ。

そうなってしまうと、今さら引っ張り出すわけにもいかない。

仕方なく、そのまま娘が帰るまでこの格好でいるしかないようだ。

「うーん……思ったよりも狭いですね……俊彦さん、脚を広げてください」

「え？　あ、ああ、うん……」

言われるがままに脚を開く。

しかしそれは、非常に良くない選択だった。

「よいしょ。これで見つかりませんね♪」

そう言って、俺の脚の間にはまり込むように入ってくる。

あ……まずいぞ、これは……。

「あれ？　あれれ～～？　こんな場所なのに、こーんなに、大きくなってますよ？　んふふ♥」

目ざとく指摘してくる机の下の美咲がニヤリと笑い、その目はなぜか妖しく光ったような気がした。

しかし、ここで動揺するわけにはいかない。

「くっ……さ、さあ？　知らないな。見間違えじゃないかい？」

まったく動揺を隠せずに、しらを切る。

そんな俺の弱みを、イジワルモードな美咲が逃すはずもない。

「へー？　そうなんですか？　うーん……でもそうは見えないですけどね～♥」

「あぐっ⁉」

ズボンの上からツンツンと、その細い指先でつっついてくる。

「こ、こら……やめなさい……」

「あー、もしかして……期待しちゃってるんですか？　こんな状況で♪」

「ば、バカを言うんじゃあ、ありません。俺は間違ってもこういうところで欲情はしないよ。大人だからね」

あくまでも平静を装い、やせ我慢をして流そうとした。

「そうですか……欲情はしないんですねぇ……ふーん……じゃあ、この膨らみはなんでしよう？」

　しつこくツンツンを続けてくる。

　その指は正確に亀頭を刺激してきた。

「おかしいですねぇ……どんどん膨らんでるみたいですよ？　うーん……俊彦さん、これはなんですかねー？　私、わかんないですー♪」

「うぅ……とにかく触らなくていいんじゃいかな……あぐっ……おとなしくしてようよ、美咲」

「気になりますねぇ……つんつん、つんつん……ふふふ♪」

　諭して落ち着かせる俺の言葉は、まったく彼女の耳には入っていないようだ。

「あ、もしかして、怪我なのかもしれませんねっ♥」

「え？　い、いやだからそうじゃなくて……」

「だとしたら大変っ。もしかしたら私がここに入るときに、おちんちんに当たっちゃったのかもしれないですねー♪」

「ええっ？　いや、そんなことはなかったはずだけど……」

「いいえ、多分そうです。だから手当をしないと♪」

「手当って……なっ⁉」

　楽しそうにニコニコしながら、勝手にファスナーを下ろしてくる。

「ちょっ、美咲っ⁉　あふっ⁉」

「わぁ……こんなに大きく腫れ上がって……これは重症かもしれませんよ？　俊彦さん……んふふ♪」

すでに勃起している肉棒を取り出した美咲は、またイタズラな笑顔を浮かべてきた。

しかもご丁寧に、手当のつもりなのか、竿を優しく撫でてきた。

「は、腫れてるわけじゃないのはわかってるだろう？　くぅ……と、とにかくそういうイタズラはやめなさい……あぐっ……」

「えー？　でも放っておけないじゃないですか。こんなに苦しそうにしてるんだから♪　はぁ……どうしよう……人を呼びますか？」

「よ、呼んだらダメでしょっ⁉　と、とにかくもう勘弁してくれ……」

「んんぅ……でも、原因がわからないと、対処に困っちゃいますよー……んふふ♥　俊彦さん、正直にこれはいったいどういうことなのか、説明してください♪」

どうやら、俺のついた嘘を認めさせるまでやめない気らしい。

「くぅ……わかった。認める、認めるよ……美咲の顔が股間の前に来てるから、思わず欲情したんだ……これでいいかな？」

「えー？　欲情してたんですか？　びっくりですよー♪　んふふふっ♥」

見え見えの安い演技で、今知ったような顔をつくるが、もう半分は笑っていた。

「はぁ……でも近くで娘さんがいるのに、私の前で大きくしちゃうなんて……俊彦さんエッチですね」

「ううぅ……言い訳できないな……」

「あっ！　もしかして、ここに隠れさせたのも、最初からこーゆーのが目的だったりして……♥」

「い、いやそうじゃない！　隠れさせたのは、すまなかったよ……後でパフェを追加してもいいから」

「むぅ……そういう、とりあえず女の子には、甘いものをあげとけばいいだろうって考え方、よくないと思いますよ？　まったく……デラックスパフェで、手を打ちましょう」

「くっ、なんてしたたかな……」

しかもテーブルに隠れる案をいち早く採用したのは美咲のほうだったが……まあ、それはこの際、目をつぶろう。

「と、とにかくもう、これ以上のイタズラはやめてくれ」

周りに気付かれそうで、ビクビクしながら、まだツンツンとつっついてくる美咲の指を止める。

「はい。じゃあイタズラじゃなくて、本気でエッチしちゃいますね♥」

「は？　うわっ!?」

「あ〜〜〜〜んぷっ♥」

小さな口を目いっぱいに大きく広げ、一気に肉棒をすべて、その熱い口内におさめてしまった。

「くぅ……」

じゅわっとした唾液が竿を湿らせ、柔らかい頬肉が優しく包みこむ。

ヌルヌルの舌も裏スジをしっかり下から捉えている。

ああ……このまま動いてくれたら、どんなに気持ちいいか……。

「っ⁉　いやいや、まずい……ああ、まずいなこれは……うっ……これは非常にまずいよ、美咲……」

自然とそれを求めてしまっている気持ちを振り払うように、首を横に振って彼女を止めようとした。

「ん〜ん？　ちゅはっ♥」

だが意外にも美咲は、素直に肉棒を放した。

「別にまずくないですよ？　俊彦さんのおちんちん♥」

「い、いや、そっちの意味じゃなくて……」

「はぷっ！」

「あぐっ⁉」

すぐにまた頬張る。

「んふふ……ちゅむっ、んちゅぅ……ちゅくっ、くむぅんっ……♥」

そして、ゆっくりと頭を上下に動かし始めてしまった。

「あむっ、ちゅぷっ……じゅるっ……♥　ふふっ、どうれしょう？　くむっ、ちゅふぅ……気持ひいいれすよね？　くちゅむっ、ちゅぷっ♥」

テーブルの下で、美咲はいたずらっぽい笑みを浮かべた。

その表情はかわいらしい少女のようであり、淫靡な女性のようでもある。

「くぅ……や、やっぱりこれはやばいって……やめよう？　な？」

「んくっ、ちゅむぅ……ほんあこと、聞いてないれすぅ……んちゅ、ちゅくむぅ……れるっ、じゅぷっ♥」

彼女は上目遣いで俺の反応を窺いながら、舌を動かしてくる。

「れろっ……ちろっ、ちゅぱっ……お店で、ん、ぺろっ……おちんぽ咥えられて、あむっ、じゅるっ……♥」

「う、あぁ……♥」

思わず声を漏らしてしまうと、彼女は笑みを深くして、さらにしゃぶりついてきた。

いかん……これは完全にヌク気になってるぞっ⁉

「ちゅくっ、んちゅむぅ……ちゅはっ、はあぁんっ♥」

口をすぼめ、ねっとりと舌を絡ませて、前後の動きを加速させる。

「おまたせしましたー」

ひいっ⁉

俺たちのテーブルのすぐ近くに、店員の女性がオーダーを持ってきていた。

ぜんぜん気がつかなかった……。

「んんぅっ♥　ゆはっ、今ビクンってしましたね♪　かわいいぃっ♥　ちゅむぐっ！　ちゅぱっ、ちゅぱっ♥」

「や、やめるんだっ。本当にバレるって……あぐっ……」

「んふふ……イヤれすっ♥　ちゅぷっ、んちゅんっ♥」

更に身体ごと俺のほうへ近づき、太腿付近のズボンをしっかり掴んでしゃぶってくる。

その行動には、絶対にやめないという強い意思を感じた。

「くぅ……そこまで近づいたらテーブルで隠れてないよっ⁉　見えるって……うぐぅ……」

「ちゅくっ、んちゅむぅ、んふっ♪　んはぁ……そうやって我慢する俊彦さんの顔も可愛いけど、こっちでがんばるおちんちんも可愛いですね♥」

「ちょ、ちょっと⁉　そういう言葉を使うのはやめなさい。誰が聞いてるかわからないよ？」

「大丈夫ですよ。店内に音楽も流れてますし♪」

「このくらいの音量じゃ、かき消せないよ？　おふっ⁉」

「あぁ、すごく興奮しちゃってますね……これはもう最後までしないと、落ち着きそうにないですねー♪」

「そ、そんなことは……」

「……ってことで、あ～～んむっ♥」

「くぅっ⁉」

小休憩を挟んで、再び盛り上がったのか、また口いっぱいに頬張った美咲は、更にフェラチオを加速させる。

「ちゅぱっ、んちゅっ、ちゅぷっ、んちゅんっ♥」

前後の動きをトップギアに入れたようだ。

もう完全に出させようとしている。

「ちゅぱっ、ちゅぅぅんっ♥　んちゅっ、ちゅぷっ♥」

「ああ、駄目だっ！　くっ！」

「──お客様っ？」

ビクッ！

「ひゅぐっ⁉」

急に女性店員から声をかけられた。

まずいっ！　美咲が見つかってしまう。

「んあんっ!?　え？　俊彦さん……？」

片脚をピンっ！　と全力で伸ばし、通路側から見えないように、美咲をなんとか守ろうとした。

これで隠れるとは思えないが、それでもしないよりはマシだ。

「あの……コーヒーおかわりいかがですか？」

その声を聞き、視線を俺のコーヒーカップに向ける。

だがまだ数口しか飲んでないコーヒーはいっぱい残っている。

「い、いや、俺は――」

「あっ！　じゃあ、いただきま～す♪」

「はい、どうぞ♪」

なにっ!?　俺じゃないのか……。

どうやら、女性店員が話しかけたのは、俺のすぐ後ろの席の女性だったようだ。

「た……助かった……」

「ふぅ……危なかったですねぇ……」

ホッとする俺の様子を見た美咲も安心したようだ。

「んじゃ……くむぅんっ♥」

「へ？　うなっ⁉」

大丈夫とわかった途端、またしゃぶりつく。

「んふふ……しゃっきより大きいれふぅ♥　んじゅぷっ、ちゅむぅん♥」

「い、いや、まだ早い……店員が……くぅっ⁉」

どうやら美咲も興奮して待ちきれないみたいだ。

「んちゅっ、じゅるっ、ちゅぅ……ちゅぱっ、ちゅぱっ♥」

射精を煽るようにして、再び動き始めた。

「こちらのお客様もいかがですか？」

ひ、ひぃぃっ⁉

女性店員がまだ近くにいる。

しかも順番に、おかわりを持ってこようとしているみたいだ。

「んぷっ、ちゅふふふっ♥　ちゅぱっ、ちゅくっ♥」

そんな状況で、この激しいフェラチオは危険すぎる。

それでも美咲の動きは止まらない。

「ちゅぱっ、ちゅくっ、んんっ、ちゅふぅんっ♥　出ひてっ♥　ん～～ちゅぷっ、ちゅっ、んんぅっ♥」

「ま、まだ駄目だ。せめてもう少し遠ざかってからで……」

「んちゅっ、ちゅぱっ、んじゅるっ、じゅるるるるるっ！」

唾液とともに吸い上げる極上のバキューム。

この責めはさすがに、乗り越えることはできなかった。

「あ……あふっ⁉」

ビュルルッ！　ビューーッ！　ドピュッ、ビュクビュクッ‼

「くぷぅぅんっ⁉　んくっ、くふううぅんっ♥」

跳ね上がる肉棒から噴き出る暴発した精液は、すぐに美咲の口内を満たす。

「んくぅ……ごくっ、ごくっ♥」

美咲はやはり迷うことなく飲み込んでくれる。

「ちゅるるっ、んんぅ……ごくっ、ごくっ、ごっくんっ♥　じゅるる……」

「ううっ⁉　そんなところまで吸わなくても……あぐっ……」

尿道に残っている精液も吸い取るようにして、最後までこぼすことなく、しっかりと綺麗にしてくれた。

「んはぁ……美味しいミルクでした♥」

「うぅ……お粗末さまでした……注文してないけどね……」

ふと気づけば、背後の娘たちはすでに帰った後だったようだ。

「はぁ……もういいよ。ありがとう、美咲」

渡した紙ナプキンで口元を軽く拭いながら、満足そうな顔でテーブルから出てくる。

「え？　ちょっ、ちょっと!?　美咲？　美咲さん!?」

そして、そのまま美咲は何事もなかったような顔をして、俺の隣に座って身体を寄せてきた。

「んふふ♪　ドキドキしましたねー♪」

「はぁ……やれやれ……」

まだ少しイジワル成分が残っているみたいだ。

だが美咲の協力のおかげで危機を乗り越えたのも事実なので、強く言えなかった。

それに……正直に言えば、ものすごく気持ち良かった。

見つかるかもしれないというスリルの中で、美咲に熱心に奉仕をしてもらうこの快感は、変に癖になりそうだ。

「ん……自分がすごくイケないことをしているようで、とってもゾクゾクしながら感じちゃってました♥」

そう言って、俺の耳元でささやく。

その声は甘い熱気を帯びていて、明らかに発情している。

「ああ……俺も気持ち良かったよ……」

もちろん、俺の股間はまだ熱く滾ったままだ。

　お互いにまだ興奮が収まらない状態。

　今後の予定は決まったも同然だ。

「……しかし、今日の美咲は、悪い子モード全開だったね」

「えー？　そこまでじゃないですよ」

「いいや、ものすごく悪かったね。途中で止めるように言ったのに、言うことを聞かなかったのはよくないな。うん、よくない」

「むぅ……でもあんなに射精したのにー……」

　そんな、まっとうなツッコミをしてくる美咲の手を握り、おもむろに席を立つ。

「そんなわけで美咲には『お仕置き』が必要だと思うんだけど……どうかな？」

「あ……はい♪　『お仕置き』してください♥」

　そうして俺たちは店を出ると、いつもとは少し違うプレイができるホテルへ向かうのだった。


「――お仕置きって……こういうことだったんですね……」

　その部屋に備えつけられているのは、ソフトＳＭ用のグッズだった。

　それを端から、興味津々に美咲は見てまわっていた。

「こういう、SMってよくわからないんですけど……俊彦さんは前にもしたことがあるんですか？」

「いや、ぜんぜん。でも今日の美咲のイジワルな顔を見ていたら、一回くらいはしてみたいと思ったんだ」

「えー？　なんですか、それ……もしかして私の顔って、それが似合う顔ってことなんですか？」

「SMの似合う顔がどういうのかわからないけど、前にも色々な体位でエッチがしてみたいって言ってたでしょ？」

「え？　ああ、そういえば……」

「だからプレイのほうも色々試してみてもいいかなと思ってね」

「なるほど……覚えていてくれたんですね♥」

納得してくれた美咲が嬉しそうに笑う。

「でも安心してほしい。別にハードなことをするわけじゃないから。俺もそこまでの趣味はないし」

「そうなんですか？　私、俊彦さんとだったら、なんでもできそうですけど？」

「……そういうのは男を駄目にするから、簡単に言うのはやめようね」

「えー？　ほんとにいいんだけどなー」

多分、美咲は自分の魅力をきちんとわかっていないんだろう。

俺ですら、ちょっとぐらついてしまうぐらいだ。悪い男ならとことん彼女の誘惑にはまってしまい、気付けば抜け出せなくなるに違いない。

…………いや、俺もすでに抜け出せないか……。

「それで、これからどうするんです？」

無邪気に身体を寄せてくる美咲が、期待を込めた瞳で見つめてくる。

「言ったじゃないか……お仕置きの始まりだっ！」

「ふえ？　きゃあぁんっ⁉」

引き寄せると少し乱暴に服を脱がしていき、その場へ投げ捨てる。

「あぁぁんっ♥　あぁぁ……ワイルドな俊彦さんも、なんだかとってもいいですね……んんっ♥　はぁ……とってもゾクゾクしちゃいます♥」

普通なら眉をひそめるはずだが、なぜか妙に美咲は喜んでいた。

「いや、そんなに喜ばれたらお仕置きにならないじゃないか」

「ふふ、ごめんなさーい♪　でも俊彦さんに脱がされると、いつもみたいに気持ち良くしてくれるって身体が覚えてるから、勝手に反応しちゃうんだもん♥」

「そう言われると悪い気はしないけど……やっぱりお仕置きだからな……それじゃ、もっと恥ずかしい格好をしてもらおうかな」

「え？　恥ずかしいって、どんな？」

「それはしてからのお楽しみだよ。さあ、言うことを聞いてもらおうかっ！」

俺は近くにあった縄を持って、わざと見せつける。

「あ、もしかしてそれで縛るの？　きゃ～～♥」

縄を持つ俺を見て、また楽しそうな声で、いやいやと首を振った。

SMなんて特殊なプレイを強要されたら、普通なら不安になるものだと思うが……美咲の俺への信頼が高いのがよくわかった。

「よーし……それじゃあ、脚をこうして……あ、そのまま動かないで。それでこうして縄を引っ張って……」

「んんぅ……あんっ♥　やだ、これ……ああっ♥」

「えーっと……これがこうなって、ここに通して……あれ？」

縄の扱いなんてさっぱりな俺は、もたついてしまう。

「ふふ、がんばってお仕置きして♥　あんっ、んんぅ……んんぅ♥」

だが美咲はそれすらも楽しそうにしながら、素直に俺の指示に従ってくれた。

「んんぅ……きゃうっ……んあぁぁんっ♥」

「よし、完成だ」

「んんぅ……はあっ、あぁぁ……俊彦さんがしたかったのって、こういうことなんですか？

んんぅ……」

「ああ。イメージ通りだよ。いい感じだと思うな」

できあがった美咲の緊縛姿を改めて見て、満足して頷く。

「あうっ、んぅ……確かに、これはちょっと恥ずかしいかも……」

「だろう？　うん、身体がよく見えるね」

彼女は脚を開かされ、秘めたる場所を大胆にさらけ出したままになっている。

手首も頭の上で固定しているので、ようやく、お仕置きっぽくなってきた。

「んぅ……でも、よくこんな縛り方を知ってますね……え？　もしかして男の人って、こういうのも知ってるのが普通なんですか？」

「いや、まさか。縄の置いてあったところに書いてあったマニュアル通りに、結んでみただけだよ」

さすが、ＳＭプレイ専用の部屋だ。

初心者のことも考えてくれる、きめ細かいサービスは素晴らしい。

「あうっ、う、くぅ……ところでこれって、いつまで縛られてるんですか？　私……んっ」

段々と恥ずかしくなってきたのか、モジモジし始める。

「それは、俺の気が済むまでかな」

「ええっ!?　そんな……んっ、は、あん……」

「お仕置きなんだから当然でしょ。それに、今からは美咲のパパなんだけどねっ」

ぺちんっ！

「きゃうっ⁉」

わからせるようにお尻を軽く叩くと、ピクッと縛られた身体を震わせた。

お父さん……というのもよかったが、今日は少し変えてみることにする。

「あ、あうぅ……ごめんなさい、パパ……」

「わかれば、よろしい」

美咲も乗ってくれるようだ。ご褒美にお尻を撫で回す。

「んんぅ……ああっ、あぁ……はぁんっ……♥」

すると甘い声を漏らし、うっとりとした声になり始めた。

「あぁっ♥　ん、はぁっ、あうぅっ……♥」

撫でているだけだが、思ったよりも気持ち良くなってきているようだ。

もっと快感を欲しがるかのように、嬌声をあげて身体を動かそうとする。

しかし縛られた状態なので、その姿勢は変わらない。

「あううぅ……も、もっとお尻だけじゃなくて、熱くて切ないところを触ってほしいよぉ、パパ……あうううぅ……」

「うん？　それはどこのことかな？」

すっとぼけながらお尻を撫で続ける。

「えぇぇ？　わかってるくせにぃ……あううぅ……こ、ここだよぉ……いつもパパが触ってるところ……んんぅ……いまは……丸見えだし」

触ってほしい股間を、俺のほうに向けようとしてくる。

だが縛られているので、それもままならない。

「いやー、どこだかわからないなー。ちゃんとはっきり言わないと、触れないなー」

「んくうぅ……パパのイジワルぅ……」

美咲はおちんちんは言えるのに、まだ自分の秘部を言うのには抵抗があるようだ。

でも、触ってほしくて仕方がないみたいだ。

「あううぅ……お、おまんこですぅ……おまんこ、触ってほしいんですぅ……はううぅ……」

顔を真っ赤にしながら、涙目で訴えかけてくる。

「女の子が、そんなはしたない言葉を言っちゃいけないなっ」

ぺちんっ！

「きゃあぁんっ♥　は、恥ずかしいけど、ちゃんと言ったのに、ひどいぃ……んんぅ……理不尽だよ、パパぁ……」

「世の中は理不尽が多いもんだよ。ほら、悪いこと言ったらどうするんだい？」

ぺちんっ！　ぺちんっ！

「ひうっ⁉　ふなぁあぁっ♥　ん、はぁっ、あぅ……ごめんなさい、パパぁ……ん、んぁ、あぁっ♥」

一応は素直に謝りながら、まだ股間を切なそうにして、触ってほしそうに俺へ向けようと努力している。

「他にも、謝らなきゃいけないことがあるよね？」

「え？　えーっと……？」

焦らされているせいか、ここに来ることになった原因をすっかり忘れているようだ。

「さっきの喫茶店のことだよっ」

ぺちんっ！

「きゃあぁんっ♥　あ、忘れてた……でもあれ、悪いこと？」

「悪いことだろう？　パパの言うことを聞かずにフェラチオをするんだから」

「あううぅ……ごめんなさいぃ……んんぅ……」

「うんうん、偉いな。ちゃんと謝れたね」

ご褒美にまたお尻を撫でる。

今度はちょっとだけ、秘裂に近いところまで優しく撫で回す。

「んあぁっ♥　うんっ♪　そこ、あと少しぃ……うんんぅ………あっ」

だが、まだ直接は触らない。

「ひうぅ……は、早くおまんこ撫でてよっ、パパぁ……」

ちょっと可愛そうだけど、なかなか焦らしプレイというのも楽しいものだ。

「でも、どうしてあんな強引に射精させようとしてたんだい？」

「うぅ……あのときは私とパパ活中だったから……はあっ、んんぅ……『私のパパ』を悪く言う人のことなんて、気にしないでほしかったの……」

「それって……」

つまり、自分のほうへ興味をもたせようとしたくて、拗ねていたらしい。

「……可愛いな、美咲は。仕方ない。ご褒美だ」

「あっ♥ やったぁーーっ♪ って、んえっ⁉ きゃううぅんっ♥」

ご褒美に軽くお尻を一回撫でると、今度は乳首を軽くつまんで転がしてあげた。

「ち、違うっ、んんぅ……んっ、はぁんっ♥ これも気持ちいいけどっ、思ってたのと違うよっ、パパぁ……あぁぁっ♥」

「え？ 違ったのかい？ おかしいな……こんなに乳首を硬くしてるのに？」

「くうぅんっ♥ ふあぁ……あぁぁんっ♥」

可愛らしく勃起した乳首もかなり感度がよく、とても気持ちよさそうに見える。

だが、美咲の本命はやっぱりそっちではなかった。

「あうっ、んくうぅ……パパぁ……あふっっ、んんぅ……おまんこしてっ、はうっ、んんぅ……」

「あ……これは……」

気がつけば、焦らされてよがったことで溢れた愛液が、つーっとこぼれてアナルのほうまで濡らしていた。

「触ってもいないのに、こんなに濡れるとは……ここまでスケベだとは思わなかったよ、美咲。まったくもってけしからんね」

そう言っている間にもまた溢れて流れ、数滴のシミをシーツに作る。

ああぁ……今すぐそこへねじ込みたい！

「あううぅ……パパ、お願い……はあっ、はあぁ……もう切なくておかしくなっちゃうぅ……」

くっ……もう挿れてしまおうかっ!?

だが、せっかくのSMプレイだ。

ギリギリまで責めるべきなんじゃないだろうか？

そうか……SMとは、Sのほうも耐えないといけないプレイだったんだな……。

なかなか奥深い世界なのだ思いつつ、唇を噛み締めて、なんとか湧き起こる挿入の衝動を抑える。

「んくっ、んぐうぅ……パパぁ……したくないの？　んぅ……」

「くぅ……そ、そう言われても、パパはわからないなー」

「あっ⁉　パパぁっ～～⁉」

「うぅ……とにかく、曖昧じゃわからないな。ちゃんと自分で、どうしてほしいのか言わないと」

「あ、あううぅ……」

半分泣きそうになる美咲が、耳まで顔を真っ赤にさせた。

だが、恥ずかしさより欲情のほうが勝ったみたいだ。

「んんっ、お、お願いですっ！　んんぅ……悪い娘のおまんこに、パパの素敵なおちんぽを突っ込んで、めちゃくちゃにしてくださいっ！」

「ああ……よく言えましたっ！」

「んきゅぅんっ⁉　あぐっ！　んふあああぁぁぁっ！」

一気に肉棒で突き刺した瞬間、膣口がギュッと締まり、愛液が軽く飛んだ。

「おっと……あ、この反応は……」

「あうっ、んくぅ……は、入ってきただけで、パチンって頭の奥でなにかが弾けてぇ……とんじゃたぁ……♥」

「みたいだね」

焦らしたのが効きすぎたようだ。

だがそれは俺も同じだ。

「くぅ……ひとりで勝手に、しかもこんな早くイってしまうなんて、はしたないな。パパがきちんと教育し直してあげようっ！」

「ひゅあぁぁっ!? あひっ、んきゅうぅんっ♥」

たまらず俺も全力で、美咲の絶頂した膣内を蹂躙する。

「ひうっ、ふあぁぁっ♥ ああ、パパっ、いいっ、んんんぅっ♥ パパのエッチな再教育ぅ……いっぱいシてシてぇっ♥」

「ああ……とことん、してやるぞっ！」

「んひぃいんっ!? ふあっ、あぁぁんっ♥」

俺もそうだが、美咲もいつも以上に興奮しているようで、その膣道をキツく締めつけてくる。

「はっ、はうっ、深くて激しいのが、ガンガン奥に届いちゃうの……んんぅっ♥ こんなに素敵なおちんちん……挿れてくれてっ、ありがとぉ～～♥」

あられもない格好でお仕置きされている中、美咲はもう羞恥心もなく乱れ、感じまくっていた。

「んあっ、あぁぁんっ♥ はうっ、んんぅ……縛られながらされると、縄がきゅって食い

込んでくるよぉ……」

「え？　い、痛かったかな？」

気持ち良すぎて、あまり美咲のほうを気遣ってあげられなかった。

だが美咲は余裕の笑顔を浮かべている。

「ううん、大丈夫ぅ……んんっ、んはあぁっ♥　むしろそこが熱くなって、凄く気持ちいいのぉ♥」

「まさかMの素質まであるとは……ほんとに美咲はイケナイ娘だなっ！」

「ああっ⁉　きゃあああんっ♥　ごめんなさいパパぁっ♥」

とりあえず嫌がってはいないようなので、安心してピストンを続ける。

「んっ♥　んはあぁっ♥　ああっ……縛られるのって、気持ちいいぃっ♥」

打てば鳴る鐘のように、突き入れる度に甘い叫び声で喜んだ。

「んはっ、はあぁ……こうして身動きできずにいっぱいパンパンされると……んんっ、んんぅ……なんだか乱暴に犯されてるような気分になっちゃううぅ……あっ、はうぅ……んはぁんっ♥」

「そ、それはあまり、気分がよくないんじゃないかい？」

「ううん、そんなことないの……あうっ、はっ、はあぁんっ♥　他の人なら絶対に嫌だけど、パパなら平気ぃ……んくっ、んんぅ……だって、安心して私の全部、預けられるもんっ♥」

ピストンで全身を揺らしながら、うっとりとした顔の美咲が見つめてくる。

その気持ちに、色々なものが熱くなった。

「あぁ……そんなに信用してくれるなんて……パパは嬉しいよ。嬉しすぎて腰が止まらないっ！」

「あんっ⁉ んひぃいぃんっ♥ ふあっ、ああっ、激しすぎっ、パパぁっ♥ あっ、ああっ、すごすぎて私ぃ……イッックうううぅ♥」

あっけなくまた絶頂した美咲は、縄を食い込ませて気持ち良さそうに身を捩《よじ》る。

そして、俺の気持ちを載せたピストンは、膣奥にも伝わったようだ。

ぐにゅっ！ ぶちゅっ！

「ひゃいいぃいんっ⁉ んあっ、今の……くううぅんっ♥」

「あ……こっちも欲しがって、当たったみたいだね」

感じすぎて子宮口が下がってきたみたいだ。

「くっ……これはたまらないな……もう無理だ、いくよっ！」

「ふえぇぇっ⁉ ひゃうっ、んくっ、んはぁぁっ♥ イったばっかで、そこもなんてぇっ……あっ♥ ああぁっ♥ よすぎて頭、おかしくなりゅううぅぅっ♥ んいっ、ひゅあああぁぁっ♥」

亀頭を思いっきり突き入れて、深い部分の美咲に、最高のキスをしまくる。

「ひゅあっ、あひぃんっ♥　はうっ、んんぅっ♥　も、もう目の前、真っ白ぉ……あっ♥　あぁぁっ♥　イきしゅぎてぇ、しゅごおぉぉっ♥」

美咲が何度も絶頂する中、俺も限界を突破した。

「おおっ⁉　出るっ！」

ドプッ、ドプッ！　ビュルルッ、ドピュッ、ドピピッ、ビュルルルルッ‼

「ひゅぐうぅぅっ⁉　イきゅっ、イきゅううううぅぅぅぅぅっ！」

異常に興奮した肉棒。その先端で子宮口を潰すように押しつけ、扉を開くように思いっきり射精する。

「んくっ、んはあぁぁっ♥　ドクドクって注がれてぇ……お腹が精液で膨らんじゃうぅ……んんっ、あふうぅ……」

「ふうぅ……パパの思いをたっぷり受け取って、反省したみたいだね」

「んんぅ……はひぃ……♥　んあぁ……♥」

しっかりと彼女の中を満たして引き抜くと、すぐに縄をほどいた。

あれだけ食い込んでいたので、きれいな白い肌に薄く赤い痕が残る。

だが、俺が縛って残したその痕が、彼女を開放した後も一種のマーキングのように見えて、背徳的な支配欲を満たしてくれる気がする。

それに単純に、きれいな白にアクセントとして残るピンクの痕が、妙に色っぽくて美しい。

「んあっ、んはぁ……はあっ、はあぁ……パパのお仕置きおちんぽぉ……しゅ、しゅごかったよぉ……♥」

「ああ。いつかまた悪いことをしたら、こうしてお仕置きしてあげよう」

「んんぅ……それじゃ私、ものすごく悪い子になっちゃうよ？　んふふ……♥」

そんなピロートークをしながら、時間いっぱいまでふたりでいちゃつくのだった。


アブノーマルなプレイ専門だからかどうかはわからないが、そのホテルは少し奥まった場所にあった。

なのでタクシーを呼ぶために、大通りに出るまでふたりでしばらく歩く。

「あううぅ……あんなこと、パパとしかしませんからね？」

思い返すと、かなり恥ずかしいのだろう。

未だに美咲は顔を赤くしている。

「ああ、わかってるよ」

と、落ち着いて返事をしてはいるが、実は俺ものすごく恥ずかしかったりする。

だが、それがバレるとまたからかわれそうなので、必死に隠しておいた。

「……セックスも、すごく背徳的な感じで興奮しましたけど……でもやっぱりいつものように恋人のような関係で、ちょっぴり親子っぽくエッチするほうが私は好きです」

「ふふ、そうか。俺もそう思うよ」

確かに今日のはちょっと責めすぎたプレイだった気がする。

俺たちには、いつもの微妙な関係のほうが合っているのだろう。

「……でも俊彦さんがこういうことしたいのなら……たまにならいいですよ？」

「ははっ。結構気に入ってくれたんだね。それじゃあ、また頼もうかな」

「はーい♪　そのときはまたいっぱい愛してね、パパ♥」

そう言っていたずらっぽく笑う美咲。

そんな彼女の姿に、俺は見惚れていた。

エピローグ ふたりは、ちょうどいい関係

美咲と初めて出会ったとき、清楚で可憐で、目を引くような美少女だと思った。

あれからそれなりに時間が経ったが、相変わらず彼女は美しい。

いや、相変わらずではなかった。

あの出会ったころと比べて、最近はさらに輝きを増しているように見えた。

少し前に、実の父親を一緒に見に行ったが、その後は母親と和解したようだ。

そして自分の気持ちを正直に話し、家のために協力したいと涙ながらに訴えたらしい。

そこで母親も折れて、アルバイトを認めてくれるようになったそうだ。

そのアルバイトでもらった最初の給料で、母親にちょっとお高いレストランでの食事をプレゼントしてあげたという。

そのレストランは俺と行った場所だったので、物怖じせずに注文できたし、母親におすすめのデザートまで教えてあげたのだと、得意げに語っていた。

その顔はとても晴れやかで、誇らしげだった。

きっとパパ活という、少し後ろめたい気持ちで得たお金を使うことがなくなったからだろう。

ただ、実はまだパパ活は続けていた。

といっても、その相手は俺だけだ。

時間のあるときはアルバイトをするようになったので、逢える時間は少なくなったが、それでも今までと同じような関係を続けている。

もちろん、パパ活なので、きちんとお金は支払っている。

美咲はバイトも始めたからいらないと言ってはいたが、今の関係がいいと俺のほうから言って、半ば強制的に受け取らせるようにしている。

やはりまだ学生の美咲には援助が必要だという理由もあるが、一番の理由は、未だに俺には家族がいるからだ。

相変わらず妻と娘とは、冷めて枯れきった関係ではあるが、親の責任として、娘が成人するまでは面倒を見るべきだと思っている。

だから美咲と今以上の関係になってしまうことは、俺自身がしたくなかったのだ。

そう伝えると、彼女は少し寂しそうな顔をしたが、『それでも、一緒にいてくれるほうが嬉しい』からと、理解してくれた。

本当に優しく、よくできた、もうひとりの娘だ。

そんな調子で、傍目には本物の父娘にしか見えないくらいに美咲とはすっかりと仲良しになっていた。

外ではそんなふうに振る舞うことが当たり前のようになり、俺もそれを受け入れて、むしろ楽しむことが多い。

だがふたりきりになると、その関係は一変する。

美咲は甘く淫らに、俺を男として求めてくる。

そしてこの日も、ふたりは身体を重ねるのだった。

「――俊彦さん、チューしてっ♥」

「え？　おおぅっ⁉」

身体全部を俺に預けるようにして抱きつき、唇を尖らせる。

「やれやれ……また甘えモードなのかな？」

「えー？　ダメですか？」

クリクリの瞳を上目遣いで向けてくる。

こんな可愛い女の子から言われて、応えない男はいない。

「駄目だ、駄目だ」

「えーーっ⁉　なんでっ⁉」

「チューじゃ駄目だ。ベロチューしか認めないぞっ！」

「くにゅぅんっ⁉　あむぅ……んちゅぅぅんっ♥」

唇を合わせると同時に舌をねじ込み、舌の根で絡まり合い、甘い唾液を交換する。

「くむっ、んちゅむぅ……んはぁんっ♥　んふっ♥　エッチなキスで、完全にスイッチ入っちゃたっ♥」

口元から糸を引いた美咲が、俺の上着を剥ぎ取っていく。

「ははっ。最初から入ってた気がするけどね」

「きゃあぁんっ♥　それ、俊彦さんのことですよっ♪」

俺からも服を脱がし、じゃれ合いながらふたりでベッドに倒れ込む。

「ん……いつも綺麗だよ、美咲」

「んふっ♪　ありがとうございます♥　って、んんぅっ♥　そう言っておっぱい揉んでくるんだから……あうっ、くぅぅん……♥」

いつもながら見事な胸を、挨拶代わり揉みしだく。

「んんぅ……もしかして、おっぱいが綺麗だって言ってるんですか？　はあっ、んんぅ……」

「おっぱいも、だよ。この眩しいくらいの白い肌に、流れるような艶のある髪。そして……」

「んんぅ……そして？」

「やっぱり大きくスケベな胸だね」

「ちょっ⁉　それ結局おっぱいばっかりぃ……あうっ、はぁぁんっ♥　じゃあ私もおっぱい弄っちゃうんだからっ♥　はぷっ！」

「え？　ぬおっ⁉」

積極的になっている美咲が、イタズラして俺の乳首に吸いついてきた。

「んちゅぅ……んんぅっ♥　乳首勃ってますよ？　俊彦さん♪」

「くぅ……ちょ、ちょっと……くぅ……」

もちろん、乳首への刺激はくすぐったいながらも気持ちいい。

だがそれよりも、短い舌先でチロチロと舐める仕草が、なんだか小動物のようで、ものすごく愛おしく思えた。

「んちゅる、れるれる……ん〜〜ちゅっ♥」

「くぅ……あっふっ⁉」

思わず出てしまった情けない声を、美咲は聞き逃さない。

「あは♪　可愛い声が出ちゃいましたね♥　おっぱい好きの俊彦さんは、自分のおっぱいも大好きなんですねー♪」

「くっ……おじさんをそうやって、からかうもんじゃないぞっ」

「ひゃっ⁉　きゃうっ、くううぅんっ♥」

お返しに気持ちいい肌触りの太腿を撫でながら、熱い秘部へ指先を滑らせる。

「あうっ、もう……おまんこに突っ込んじゃって……ひゃぁんっ⁉　やだ、そんなに指動かしちゃっ、出ちゃうぅ……んんぅ♥」

案の定、すでに濡れていた蜜壺に指を入れ、奥から濃い愛液を掻き出すように、ほじくり返して弄る。

「おお……ずいぶんと熱いのが出てきてるね。ほら、もうこんなにシーツが濡れてるよ」

「あんっ、んんぅ……それ、わざと出してるからですよぉ……ひゅううぅんっ♥　こんなにしなくても、私のおまんこはもう十分準備できてるのにぃ……んくっ、ふあっ、はあぁんっ♥」

自分からパカッと脚を開き、早く挿れてほしいとアピールしてきているようだ。

「うーん……確かにここまでいっぱい出しても、もったいないね……」

「え？　もったいないって？」

「だからきちんと無駄にせず、いただかないと……ねぷっ！」

「ひゅあっ⁉　えっ、なっ⁉　ひいいぃんっ♥」

ウエルカムで開いてくれた膣口にダイブするように、俺は唇を押しつけた。

「んちゅるっ、れろれろ、れるれるれるるっ！」

そして愛液をすくい取るように、舌を激しく動かしてクンニする。

「ひゃうっ⁉　んくうぅんっ♥　いや、やめ……きゃううぅんっ♥」

楽しいくらいに、愛液が次から次へと溢れてくる。

「ひあっ、ああぁ……はあぁんっ♥　そ、そんな、もったいないとかないから……あうっ、んくぅ……きゃあぁんっ⁉」

「んちゅむっ、ちゅるる……れうれう、んるるっ！」

美咲は若干引いているようだが、構わず舐めまくる。

「ふあぁ……ほ、本当にそのお汁ぅ……別にもったいなくなんてないのにぃ……ああぁっ♥」

「じゅるるっ、ちゅぷっ……いや、俺のために出してくれてるんだからね。やっぱり無駄にはできないよ……ちゅむるるっ！」

「んやあぁんっ♥　はうっ、そんなの、いらないのにぃっ！　んあぁぁっ♥」

色付く膣口はかなりビクついてきた。

そろそろだと思うけど……もうひと押しをしておこう。

「ちゅるちゅるれるる……おっと……この可愛らしいポッチも弄らないともったいないなっ……あむっ！」

「きゅううぅんっ♥　ひぃっ、そこっ、らめえええぇぇぇっ♥」

小さくコリとしたクリトリスに唇で吸いついた瞬間、跳ねるようにして美咲が大きく絶頂した。

「おおっと……ふふ。ここまでできあがってたとは思わなかったよ」

「ふあっ、んくうぅんっ♥　んはっ、んはあぁ……ぜ、絶対ウソですよぉ……あうっ、んんぅ……知っててこんなにぃ……はうっ、んあぁ……俊彦さんはいつもやりすぎなんですぅ……あふぅ……」

「エッチな美咲には、やりすぎくらいが丁度いいからね」

かなり息を切らせているが、その目はまるで獲物を捉えるかのように、力強い勢いを保ったままだ。

「あうぅ……イかせてもらったから……今度は私からですよっ♥」

「おわっ⁉　やっぱりそうきたか……くっ！」

むしろエンジンが掛かったかのように、元気の有り余った彼女は俺へ抱きつき、押し倒してきた。

「んふふ……実は、最初からそのつもりでしたからねー♪」

「なっ⁉　まさか俺は手のひらの上で転がされて……あうっ⁉」

そしてすぐに俺に跨ると腰を浮かせて、鎌首をもたげる肉棒を掴む。

「さあ……いっぱい気持ち良くなりましょう……♥」

「お、お手柔らかにね、美咲……」

「んくぅぅ〜〜んっ！　うはっ、はあああぁぁっ♥」

一気に腰を落とし、俺のすべてを飲み込む。

「んくっ、はうぅぅ……この挿れた瞬間の突き刺さるおちんぽぉ……んあっ、すっごくキクぅぅ……♥」

美咲は気持ち良さそうに大きく天を仰いだ。

「おお……ガッチリと中で、チンコを掴んでくるみたいだ……」

「あぁぁ……俊彦さん……私もうっ、興奮しすぎで、我慢できないですぅっ♥　んんぅんっ！」

「くっ!?　なっ!?　その動きを最初からっ!?　くぅっ！」

美咲は俺の上で、大胆に腰を振っていく。

「んはぁっ♥　あっ、ん、くぅっ、あぁっ♥」

「あぐっ……それはこっちも効きすぎる……おおぉっ!?」

「あぁぁんっ♥　はあ、はうぅ……いいですぅ……気持ち良くなってぇっ♥」

こうして襲われる勢いでされるのは、何回目だろうか……。

「あふっ、ん、あふぅ……んはあぁっ♥」

美咲はいつの間にか、騎乗位にもずいぶんと慣れてきた。

「硬くて元気なおちんぽ……あっ、はうぅんっ！　私の中の奥に突き刺さってるぅ……んああぁっ♥」

初めのころとは比べ物にならないくらいスムーズに、しかも気持ち良く、俺の上で跳ねていく。

「あうっ、んんぅっ♥　ふあっ、あはあぁっ♥」

腰の動きもかなり上手いが、いちばん目を引くのはやはり大きな胸だろう。

彼女が大きく動くのに合わせ、その肌色がいやらしく弾んでいく。

「ああ……この光景は大迫力で、いつも感動するな……」

「んんっ、んはあぁっ♥　また鼻の下を伸ばして、おっぱいばっかり見てるぅ……んんぅっ♥　俊彦さんのおっぱい星人っ♪　あぁぁんぅ♥」

ゆさゆさと揺れるそのたわわな果実は、見上げるとさらに迫力があり、素晴らしいものだった。

「あぁっ♥　ん、ふぅっ、あぁっ……♥」

俺はその素晴らしい光景を楽しみながら、美咲の膣襞に搾り取られていった。

「ああ……かなり上手くなったね、美咲。すごくスケベに成長したよ」

「あうっ、んはぁんっ♥　ふふっ、はい……。いっぱい俊彦さんと、練習しましたからねー♪　んんっ、くうぅんっ♥」

「そうだね……ちゃんと恥ずかしがらずに、きちんと俺の顔を見ながら腰を振れるようになったしね」

「あうっ⁉　むうぅ……まだ前の恥ずかしいこと言って……んっ、んんぅ……それはこうして、俊彦さんの恥ずかしい顔も見られるからですよっ！」

「え？　ひゃっ⁉」

不意に肉棒を包み込む膣圧がぐっと上がり、思わず変な声と一緒に、腰が引けてしまった。

「あはっ♪　可愛い声、また出た♥　んんっ、はっ、はんんぅ……俊彦さんはずいぶんと可愛くなっちゃったんですね〜〜♪」

「この……おじさんをそうやって、からかうんじゃないと言ってるのに……これはもう、お仕置きだなっ！」

「ふえぇっ？　きゃあああぁんっ⁉」

美咲のブルブルと揺れる大きな胸を鷲掴みにする。

「んあっ、やんぅ……そんなお仕置き、聞いてないですぅ……あうっ、んんぅ……でもおっぱいくらいならまだ私……」

「残念。それだけじゃお仕置きにはならないなっ！」

「うなっ⁉　きゃひいいぃんっ♥」

そして更に、俺のほうからも腰を突き上げて、いやらしく蠢《うごめ》く襞を押しのけながら膣奥を責め立てた。

「ひうっ、うっ、んはあああぁっ♥　そんないっぺんになんて無理ですぅ……んくっ、んんぅっ♥　そんなによくされたら、私が動けなくなっちゃうのにぃ……ひうっ⁉　うぐっ、ふああぁっ♥」

「ふふ。よくわかっただろう？　年上の男をからかったらどうなるか、しっかりとそのスケベな身体に、教えてあげないとねっ！」

「きゃふっ⁉　くにゅううぅんっ♥」

かなり蕩けてしまった美咲は、自分を支えるのもやっとのようで、俺の突き上げに頭をガクガクさせて感じまくる。

「ひうっ、くうぅんっ！　ああっ⁉　それしちゃダメぇっ……はっ、はあっ、きゃあぁんっ！　す、すぐにきちゃうのぉ……んっ、んんぅ……熱いのがお腹の奥のほうからぁ……ああぁっ⁉」

ぐちゅっ！

「お？　子宮口が……」

「ひゅあああぁっ♥　とびゅっ、とびゅうううぅぅぅっ♥」

落ち込んだ子宮口が亀頭に突き上げられて、美咲はまた大きく達した。

「あひっ、ひゃあぁんっ♥　あっ♥　ああぁっ♥」

「あぐっ……」

そして情熱的に吸いついて欲しがる膣内のおねだりに、俺はもう耐えきれない。

「んふっ、んあぁあぁんっ⁉ ああっ、またギュンてきたぁっ♥ 射精っ、きちゃううううっ♥ あっ、ふあぁあぁっ♥」

「いくよ、美咲っ……子宮でたっぷり受け止めてくれっ！」

ビューーッ！ ビュクビュクッ、ビューーッ！ ドピュ一ーーーッ！

「んきゅうぅっ⁉ ひゅあっ、あひぃっ、しゅごっ、イきゅうううぅぅぅぅっ♥」

亀頭が飲み込まれてしまうんじゃないか？

そう思うほどの子宮の吸いつきの中で、留めていた俺のすべてを、彼女の中に熱く注ぎ込む。

「んひゅっ、ひゅはあぁ……目の前真っ白ぉ……あふっ、んん……またぁ、子宮にいっぱいもらっちゃったぁ……♥ んんぅ……俊彦しゃんのせーえきー……気持ひ、いひぃ……♥」

だらしなく口元を開け、舌足らずになった美咲が、俺の上に倒れ込んでくる。

「おっ……と。はは、すごい顔だね。これがイキ顔ってやつかな？」

「んんっ、んふあぁ……はひぃ……俊彦しゃんにイかされてぇ……恥ずかしいけろぉ、こんなになっちゃいましたぁ……♥」

蕩け顔の美咲が俺の胸に顔を埋める。

ああ、なんて愛おしいんだ……。

「……あー……美咲？」

「んんぅ……？　どうしましたぁ？　俊彦しゃんぅ……」

「その、たいへん言いにくいんだけど……まだまだ、いいよね？」

「んんぅ……んえぇっ⁉　あううぅ……ゼツリンぅ……♥」

そんなわけで結局、一度では終わらずに、どろどろになるまで何回もセックスをしてしまうのだった。

会う時間が増えるたび、セックスの回数を重ねるほどに、より深く、そして強く、お互いに感じるようになっていく。

「んあっ♥　くうぅんっ♥　俊彦さんのおちんちんっ、好きぃ〜〜っ♥」

美咲は前よりも、すっかりセックスにハマっていた。

「んはあぁっ⁉　しゅごっ、ポルチオアクメで、とびゅっ、とびゅとびゅううううぅ〜〜っ♥」

しかもかなり卑猥な言葉にも抵抗がなくなり、ますますスケベになっている。

だがそれは、俺も同じだった。

「そら、もう一度だっ！」

「ふえぇぇっ⁉　ひゃあああぁぁっ♥」

美咲とのセックスで開花した絶倫っぷりに磨きがかかり、若い頃より激しく、何回もできるようなったのだ。

その変化は身体にも表れるようになり、部下や同僚から若返ったと言われることが多くなった。

「うぅ……ラストの一発……いくよっ！」

「ひううぅっ⁉　またイきゅううううぅっ♥」

そうしてすっかり睾丸の中身がなくなるまで出し切り、美咲もお腹が満たされるまで受け止めて、ようやく俺たちは一息ついた。

そんないつも通りのセックスで、心地良い余韻をしばらくふたりで味わう。

「——これからは……どう呼んだらいいでしょうか」

ふと、そんなことを美咲が尋ねてきた。

「パパ？　お父さん？　それとも、俊彦さんがいいですか？」

「え？　そうだな……」

俺に父親を投影するのならば父親に。

恋人を求めるのならば恋人に。

どちらでも俺は構わなかった。

いつか、俺と彼女の関係も変わるかもしれない。

それまでは、俺は彼女の『パパ』としての活動――パパ活を続けるつもりだ。

「……美咲の呼びたいように呼べばいいよ」

「そうですか？　それなら、好きなときに好きなように呼びますね。だって、あなたは……私のパパで、お父さんで、そして――大好きな人ですから♪」

甘えるようにして抱きついてくる。

心までも温まるような、彼女のぬくもりを感じる。

ここまで心を許し、安心する存在を俺は今まで知らなかった。

そして多分、これからも、彼女以外に知ることはないだろう。

成田ハーレム王

narita haremking

こんにちは。成田ハーレム王と申します。
今回もまた、おじさん主人公です。疲れております！w
そんな中で出会った美少女は、とっても良い子。
若くて、優しくて、えっちな彼女に恋するように、
求められるままにのめり込んでしまいます。

一緒に居るだけでも癒やされる相手との出会いは、
とても大切ですね。家族とは上手くいかない彼でも、
お互いのすべてを受け入れられたようです。
純愛なら年の差なんて！　ということで、
楽しんでいただければと思います。

それでは謝辞に移らせていただきます。
担当編集様、今回も様々なことでお世話になりました。
ありがとうございます。
挿絵を担当してくださった「あきのしん」様も、
ありがとうございます。純朴な「美咲」の魅力が
著者の想像以上に溢れていて最高でした。
そして、作品を読んで応援してくださる読者の皆様。
私がこうして書き続けられるのも皆様の応援があって
こそです。これからも頑張りますので、
よろしくお願いいたします。

2021年11月　成田ハーレム王

オトナ文庫

パパ活相手《かつあいて》は娘《むすめ》の同級生《どうきゅうせい》!?
~何《なん》でもヤラセてくれるってホント!?~

2021年 12月29日　初版第1刷 発行

■著　　者　　成田ハーレム王
■イラスト　　あきのしん

発行人：久保田裕
発行元：株式会社パラダイム
〒166-0004
東京都杉並区阿佐谷南1-36-4
三幸ビル4A
TEL 03-5306-6921

印 刷 所：中央精版印刷株式会社

OTN-0268

陰キャリーマンの寝取り調教
～初カレで浮かれる清楚彼女を支配しよう～
俺にもデキた！
棚ぼた美少女Get成功♥
かつての上司の横暴によって心をくじかれ、出世も諦めていた光男。真面目に働いてはいるが、平穏以外はもう望んでいなかった。しかし、店のバイトの美少女・香純から受けた恋愛相談に魔が差し、彼女との秘密の関係が始まってしまう。彼氏との関係がうまくいっていないと聞かされ、練習と称して性的な経験を提案してしまったからだ。戸惑いつつも興味を示した香純が未経験であると知ったことで、彼女を自分のものにすると決意して…。
オトナ文庫240
著：亜衣まい
画：あきのしん
定価：本体810円（税別）